Tucholsky Wagner Zola Scott Sydow Fonatne Freud Schlegel
Turgenev Wallace Freud
Twain Walther von der Vogelweide Fouqué Friedrich II. von Preußen
Weber Freiligrath Frey
Fechner Fichte Weiße Rose von Fallersleben Kant Ernst Frommel
Richthofen
Hölderlin
Engels Fielding Eichendorff Tacitus Dumas
Fehrs Faber Flaubert
Eliasberg Ebner Eschenbach
Feuerbach Maximilian I. von Habsburg Fock Zweig
Ewald Eliot Vergil
Goethe London
Elisabeth von Österreich
Mendelssohn Balzac Shakespeare Rathenau Dostojewski Ganghofer
Lichtenberg Doyle Gjellerup
Trackl Stevenson Tolstoi Hambruch
Mommsen Lenz Droste-Hülshoff
Thoma Hanrieder
Dach Verne von Arnim Hägele Hauff Humboldt
Karrillon Reuter Rousseau Hagen Hauptmann Gautier
Garschin Defoe Baudelaire
Damaschke Hebbel
Descartes Hegel Kussmaul Herder
Wolfram von Eschenbach Dickens Schopenhauer
Bronner Darwin Melville Grimm Jerome Rilke George
Campe Horváth Aristoteles Bebel Proust
Bismarck Vigny Barlach Voltaire Federer Herodot
Gengenbach Heine
Storm Casanova Tersteegen Gilm Grillparzer Georgy
Chamberlain Lessing Langbein Gryphius
Brentano Lafontaine
Strachwitz Claudius Schiller Kralik Iffland Sokrates
Bellamy Schilling
Katharina II. von Rußland Gerstäcker Raabe Gibbon Tschechow
Löns Hesse Hoffmann Gogol Wilde Gleim Vulpius
Luther Heym Hofmannsthal Klee Hölty Morgenstern Goedicke
Roth Heyse Klopstock Kleist
Luxemburg Puschkin Homer Mörike Musil
Machiavelli La Roche Horaz
Kierkegaard Kraft Kraus
Navarra Aurel Musset Lamprecht Kind Kirchhoff Hugo Moltke
Nestroy Marie de France Laotse Ipsen Liebknecht
Nietzsche Nansen Ringelnatz
Marx Lassalle Gorki Klett Leibniz
von Ossietzky May vom Stein Lawrence Irving
Petalozzi Knigge
Platon Pückler Michelangelo Kafka
Sachs Poe Kock
de Sade Praetorius Mistral Liebermann Korolenko
Zetkin

Der Verlag tredition aus Hamburg veröffentlicht in der Reihe **TREDITION CLASSICS** Werke aus mehr als zwei Jahrtausenden. Diese waren zu einem Großteil vergriffen oder nur noch antiquarisch erhältlich.

Symbolfigur für **TREDITION CLASSICS** ist Johannes Gutenberg (1400 — 1468), der Erfinder des Buchdrucks mit Metalllettern und der Druckerpresse.

Mit der Buchreihe **TREDITION CLASSICS** verfolgt tredition das Ziel, tausende Klassiker der Weltliteratur verschiedener Sprachen wieder als gedruckte Bücher aufzulegen – und das weltweit!

Die Buchreihe dient zur Bewahrung der Literatur und Förderung der Kultur. Sie trägt so dazu bei, dass viele tausend Werke nicht in Vergessenheit geraten.

Englische Reisen

1844

Georg Weerth

Impressum

Autor: Georg Weerth
Umschlagkonzept: toepferschumann, Berlin

Verlag: tredition GmbH, Hamburg
ISBN: 978-3-8424-9433-6
Printed in Germany

Rechtlicher Hinweis:
Alle Werke sind nach unserem besten Wissen gemeinfrei und
unterliegen damit nicht mehr dem Urheberrecht.

Ziel der TREDITION CLASSICS ist es, tausende deutsch- und
fremdsprachige Klassiker wieder in Buchform verfügbar zu
machen. Die Werke wurden eingescannt und digitalisiert. Dadurch
können etwaige Fehler nicht komplett ausgeschlossen werden.
Unsere Kooperationspartner und wir von tredition versuchen, die
Werke bestmöglich zu bearbeiten. Sollten Sie trotzdem einen Fehler
finden, bitten wir diesen zu entschuldigen. Die Rechtschreibung der
Originalausgabe wurde unverändert übernommen. Daher können
sich hinsichtlich der Schreibweise Widersprüche zu der heutigen
Rechtschreibung ergeben.

Londoner Nebel

Wir fuhren nach der Eisenbahn, ich und mein Mantelsack – in einem Einspänner, Nummer hundertundelf. Es ging in vollem Galopp. Ich wollte London noch etwas beschauen und lehnte mich aus dem Wagenfenster. »Wo bist du, London, schöne Stadt von zwei Millionen Einwohnern! Wo bist du?« Aber London war nicht zu sehen, denn London war im Nebelschleier verborgen. Graugelbe Finsternis umhüllte die Pfade, und der Kutscher konnte kaum den Weg finden.

An St. Pauls Kirche mußten wir haltmachen; ich pfiff eine Arie aus dem Freischütz, der Kutscher schimpfte auf englisch, und unser Roß ließ den Kopf hängen, als ob es über sein Pferdeschicksal nachdächte. Um uns herum entwickelte sich aber ein nebelhaft schönes Schauspiel. Nachmittags um vier Uhr, wo in Deutschland die Kinder aus der Schule kommen, wo die alte Tante ihre sechste Tasse Kaffee trinkt – ich sage: nachmittags um vier Uhr ging in London plötzlich die Sonne auf! Dies kam sehr unerwartet, denn man dachte gar nicht daran, daß die gute Frau heute noch erscheinen würde. Ein Schrei der Verwunderung entfuhr mehreren Kehlen, so daß ich erschrocken von meinem Sitz aufsprang, den Wagenschlag herunterdrückte und mich nach allen Seiten umsah. Anfangs bemerkte ich keineswegs den Grund dieses plötzlichen Entzückens. Auf dem Platz vor uns brannten die zwei großen Laternen, zwei trüben Talglichtern ähnlich, und ringsherum lagen die finstern Häuser wie lauter alte Stammgäste, die auf dem Schenkentische einschliefen. Die Kuppel der Paulskirche leuchtete dazwischen durch wie die kahle Glatze eines verschollenen Spießbürgers. Da teilten sich aber mit einem Male die Wolkenmassen, und herein schaute mit ihrem Flammenauge die ewige, die ewig schöne Sonne. Wie nach der alten Sage von dem Kuß des Ritters plötzlich die Bewohner des verzauberten Schlosses erwachten, wie die grauen Heldengestalten sich in den Nischen emporhoben, die Streitrosse wieherten, die Vögel sangen und der Koch dem Küchenjungen die seit Jahrhunderten zugedachte Ohrfeige endlich im Erwachen mit aller Vehemenz applizierte, so traten auch jetzt von dem Kuß der Sonne alle Gestalten der ungeheuren Stadt in reißender Schnelligkeit aus dem Dunkel hervor in ein frisches, fröhliches Leben; und waren es auch keine geharnischten Helden, welche rasch die Szene belebten, so sah man doch wenigstens ein paar Hundert spitznasige Engländer in Frackröcken und Filzhüten mit einem Male über die Gassen springen. Kerzen und Gaslichter erloschen. Hier und dort öffneten sich die Fenster: blaue Vergißmeinnichtaugen blickten in die Straße hinunter, Orgeldreher sangen, Mohrenjungen bettelten, und eine zephyrleicht wandelnde Lady stahl aus lauter treuer Schwesterliebe einem dicken Lord den Lyoner Foulard.

Über Alt-England war die Sonne aufgegangen. Mein Kutscher ließ sich noch ein Glas Brandy reichen, unsere Rosinante hob sich auf die Hinterbeine, und fort ging es, fort durch die entnebelte Weltstadt! Nach einer halben Stunde waren wir auf dem Birminghamer Bahnhof, wo ich das Vergnügen hatte, die Lokomotive eben mit einem Gefolge von sechzehn Wagen abreisen zu sehen. Mein Kutscher tröstete mich mit der Erinnerung, daß ich ihm fünf Schillinge für seinen Einspänner schulde, und überließ mich dann meinem Kummer. »Guten Abend!« sagte er. »Item!« sagte ich und blickte ihm wehmütig nach. Die Nummer seines Wagens schimmerte noch einige Male durch die Dämmerung; die Zahl hundertundelf nahm sich aus wie die Gesellschaft von drei Ausrufungszeichen: !!! Mein einziger Trost in jenem schrecklichen Augenblick war eine alte Dame in grasgrünem Kleide, die mein Schicksal teilte. Sie setzte ihren Nachtsack auf das Steinpflaster, steckte ihre Hände in den Pelzmuff und bemerkte mir, daß es heute abend sehr kalt sei. »Ohne Zweifel«, erwiderte ich ihr, »übrigens nur für den, der entweder keinen Muff hat, wie Sie ihn besitzen, oder der nicht ein Mittel gegen die Kälte erfunden hat wie ich.« – »Ein Mittel gegen die Kälte?« fragte die grasgrüne Dame. – »Jawohl, ein Mittel, radikal und vollkommen! Sehen Sie, ich bilde mir in diesem Augenblick ein, ich hätte 2000 Stück Pistolen auf der Bank in Wiesbaden verloren und gerate darüber in eine völlige Verzweiflung. Ich denke mir, die Männer mit den langen Stöcken, welche das Geld hin und her schieben, lachten mich höhnisch an, die übrigen Spieler spöttelten, die Aufwärter grinsten, und blaß, mit fliegenden Haaren verließe ich den Saal. Draußen, denke ich mir, wäre alles heiter, alles froh, nur ich wäre erschrecklich unglücklich, vor der ganzen Welt verlassen und liefe wie von Furien gepeitscht im Taunusgebirge herum und so weiter. Sehen Sie, verehrteste Reisegefährtin, dies alles stelle ich mir so lebhaft vor, daß mein Blut in Wallung gerät, ich zittre vor Wut und Verdruß, und trotzdem daß ich weder Muff, Pelzstiefel noch Bärenfelle habe, gerate ich bei dieser kühlen Dezemberluft dennoch in vollkommene Hitze und befinde mich, wie Sie sehen, in einer höchst angenehmen Temperatur!« Die grasgrüne Engländerin beschaute mich mit ein paar Augen, welche grenzenloses Mitleid ausdrückten, aber kein Wort kam über ihre Lippen. Sie faßte mit der einen Hand ihren Reisesack, mit der andern den Regenschirm, und fort schwebte die grüne Dame, gleich einem Grashalm, davongetragen vom Nordwind. An der Tür des Bahnhofes stand ein Mann in blauen Kleidern mit einer Nummer am Halse. »That's a German gentleman«, sagte er zu der Dame und zeigte mit dem Finger nach mir. Dann schüttelten beide mit den Köpfen.

Ein unglücklicher Deutscher

»Graus war die Nacht, und um den Giebel der Pachterwohnung heulte Sturm!« Diesen herrlichen Anfang zu einem schauerlichen Roman muß ich in meiner Jugend irgendwo gelesen haben. Seiner hohen Schönheit wegen blieb er mir im Gedächtnis, und nichts war natürlicher, als daß er mir auf der Reise von London nach Birmingham einfiel, wo ich wahrscheinlich hundertzwanzig Meilen auf der Eisenbahn fuhr, ohne etwas anderes zu sehen als eine abscheulich rote Nase, die mir gegenüber Platz genommen hatte. Kamen wir an Häusern vorbei, so fielen bisweilen einige Streiflichter in den Wagen herein, und für einen Moment trat dann die rötliche Naturschönheit meines Nachbars in all ihrem Farbenglanze aus der Dunkelheit hervor. Die Sache machte sich so frappant, daß mir ein anderes menschliches Wesen, das sich zufällig im Wagen aufhielt, jedesmal, wenn wir uns einem neuen Licht näherten, einen Stoß mit dem Arm versetzte, als wollte es bemerken: »Geben Sie acht, mein Herr, gleich kommt ein Licht! Geben Sie acht, die rote Nase!« Glückliche Stunde, jene! – Aber alles vergeht; auch der Eigentümer der roten Nase schlief zuletzt ein: sein Kopf sank auf die Brust herab, und die Nase verkroch sich in die Hemdkrause. »Hier in Birmingham bleiben wir vier Stunden liegen«, sagte eine freundliche Stimme, als wir endlich still hielten, und eine Sekunde nachher entführte man mich bereits samt meinem Mantelsack und schleppte mich der Stadt zu. Lieber Gott! In Birmingham, wo du keine einzige gute Seele kennst, wo alles aufhört, was nach Deutschen riecht, lieber Junge, du hast noch wenig gereist – wenn dir dort mal etwas passierte! Und der Gedanke stieg in seiner Schrecklichkeit sehr beunruhigend vor meinem Geist herauf, als ich meinem Führer durch mehrere dunkle Gassen folgte. Bald lieferte er mich an ein ziemlich schlechtes Wirtshaus ab. Drei Frauenzimmer empfingen mich, und nach einigen flüchtigen Beratungen wurde ich in ein Zimmer des obern Stockwerks transportiert. Wunderlich sah es dort aus. Der rote Teppich war sehr zerrissen, die Tapeten alt und verdorben; auf dem Tisch lag eine Gitarre ohne Saiten, in der Ecke standen ein paar Reitstiefel, und oben unter der Wanddecke war ein Bindfaden gezogen, auf dem Apfelschnitzen getrocknet wurden. Die drei Frauenzimmer erschienen nach einiger Zeit wieder und servierten den Tee. Es wurde mir sehr unfreundlich zumute, und unwillkürlich faßte ich in das Sofa hinter mich, um nach irgend etwas zu suchen; ich wußte selbst nicht, warum. Sieh da, etwas Schweres geriet mir in die Hände, vielleicht – und es lief mir kalt über den Bücken – vielleicht eine Kiste mit Dolchen oder Pistolen, dachte ich ... da entfernten sich die drei Frauenzimmer, blickten mich noch einmal mit sonderbarlichen Augen an, und unten hörte ich eine tiefe, tiefe Baßstimme sprechen und die Frauenzimmer kichern und lachen. Ich brachte meinen Fund aus der Sofaecke hervor: es war ein Kistchen, mit Leder überzogen; erwartungsvoll öffnete ich es und fand darin – fand eine Bibel! zu meinem nicht geringen Erstaunen, eine hübsche korrekte Londoner Ausgabe, printed: Strand 54, im Jahre 1843. Um ein Abenteuer schien es mir nun in jenem Hause geschehen zu sein; ruhig schlürfte ich den Tee herunter und schlug das hübsche Buch voneinander, um zu sehen, wie sich das Wort Gottes in englischer Sprache ausnehme.

Als ich aber die Stelle fand, wo geschrieben steht: »Und ihre Kamele sollen ihnen geraubt werden, und ich will sie zerstreuen nach allen Winden«, da hörte ich plötzlich ein dumpfes Geräusch im Nebenzimmer, als wenn zwei Menschen in einen heftigen Wortwechsel gerieten, und lauschend näherte ich mich der Tür, welche die zwei Gemächer voneinander trennte. Sie war nicht verschlossen, und leicht gelang es mir zu öffnen, ohne daß von der andern Seite etwas bemerkt wurde. Da hörte ich denn zu meiner größten Belustigung – in Birmingham, in dem Hause, wo ich mir einige Augenblicke vorher noch so verlassen und so unendlich weit von aller Hilfe vorkam –, ich hörte deutsche Worte, und, o Wunder, welche Worte! Zierliche Verse: Jamben. Ich hörte genau, wie vom König Philipp die Rede war, der Herzog Alba sprach, und Don Carlos ließ etwas von Ritterstolz fallen und von dem »zwischen Vater und Sohn stellen«, und immer toller und hitziger wurde der Diskurs, man sprach von Blut und Rache; es war kein Zweifel mehr, es zitierte jemand den göttlichen Schiller! Da konnte ich denn doch nicht unterlassen, den Kopf ins Zimmer hineinzustecken, um mich nach dem nächtlichen Deklamator etwas umzuschauen. Es war eine lange, hagere Gestalt in Hemd und Unterhosen, die auf dem Rande des Bettes saß; glatt hingen die blonden Haare an den Schläfen hinunter, und beim Scheine einer tief heruntergebrannten Kerze schimmerten bisweilen ein Paar deutsche blaue Augen. Ziemlich gut wußte der junge Mensch seine Stimme zu ändern, Herzog Alba nahm sich hübsch aus, noch besser aber Carlos, für den der Deklamator eine besondere Vorliebe zu haben schien, denn jedesmal strich er bei seinen Worten recht träumerisch mit den dünnen Fingern über die Stirn herüber. Mit einem Worte, es war ein unglücklicher Deutscher, der in Birmingham, in einer schlechten Wirtschaft, nachts um zwölf Uhr den Don Carlos auswendig lernte! »Und ihre Kamele sollen ihnen geraubt werden, und ich will sie zerstreuen nach allen Winden!« Ach Gott! Mein dünner Landsmann sah recht unglücklich aus; hatte er je eine Herde Kamele, so war er selbst jedenfalls das einzige Stück, das davon übrigblieb, und nach allen Winden zerstreut kam er mir auch vor. Oh, es muß schrecklich sein, so als langer, blonder Mensch mit Schillers Don Carlos unter dem Arm durch ferne Länder zu streifen! Und weshalb legte sich der Unglückliche nicht lieber ins Bett? Weshalb sich den süßen Schlaf rauben? Er dauerte mich, der Arme. Ich ergriff einen der großen Reitstiefel, welche in meinem Zimmer lagen, und als der blonde Jüngling gerade mit recht ausdrucksvoller Stimme ausrief: »Sieh, Herzog Alba, da stehst du nun in deines Nichts durchbohrendem Gefühle!« – puff, da flog der Reitstiefel mit schrecklichem Geprassel an den Wänden herum!

Eine Fabrikstadt

Ein Franzose würde drei Tage in einer englischen Fabrikstadt leben und dann – sterben, ein Italiener hielte es etwa vierzehn Tage aus und würde sich eine Kugel vor den Kopf schießen, ein polnischer Jude spräche nach drei Wochen: »Es ist genug!« und hängte sich bei seinem Bart auf, nur ein Deutscher schämt sich nicht, oft länger als ein volles rundes Jahr darin zu verweilen, ohne nur einmal gründlich verrückt zu werden! Eine englische Fabrikstadt sieht von außen aus wie ein großer Maulwurfhügel, von innen sieht sie schmutzig aus.

Wir kommen soeben mit der königlichen Post in einer solchen schrecklichen Gegend an. Wir steigen vom Wagen; die Nasen sind rot, die Hände wurden kalt, die Füße frieren. Wo ist ein Wirtshaus? Dort! Es heißt »Die Sonne«! Gut, wir wollen uns an dieser Sonne wärmen und treten ein. In der Tür erblicken wir ein blasses Gesicht, dessen Besitzer ein Kellner ist. Der junge Mann trägt Schuhe, weiße baumwollene Strümpfe, eine helle Krawatte, und die dolchspitzen Zipfel des schwarzen Frackrocks hängen ihm bis auf die dünnen Waden hinunter. Er zeigt uns das Schlafzimmer. Wir steigen hinauf, verwickeln uns einige Male mit den Füßen in dem alten Teppich, der die Treppe bedeckt, wir stolpern und kommen endlich an Ort und Ziel.

Dort suchen wir uns ein höchst angenehmes Äußeres zu geben, streichen den Reif aus den deutschen Locken, waschen unsere Hände in Unschuld und Regenwasser, werfen einen Blick umher, rufen aus: »Freundlich, sehr freundlich! Das Bett ist gut, die Nacht ist schön!« und steigen wieder in den untern Raum des Hauses hinab. Hier treten wir in ein ziemlich großes Gemach. Auf dem Fußboden Teppiche, von der Decke herunter Kronleuchter. Auf den Tischen bemerkt man Zeitungen und Teetöpfe, auf den Stühlen Engländer. Wir stellen uns einige Augenblicke an den Kamin, um das Ganze überschauen zu können. Wir stehen eine Viertelstunde und fangen an, uns sehr zu langweilen. Niemand spricht ein Wort, wir sehnen uns nach Mitteilung, wir fassen endlich ein Herz, wir nähern uns dem ersten besten und sagen, um nicht gleich von vornherein sehr geistreich zu scheinen: »Nicht wahr, mein Herr, sehr schönes Wetter heute, sehr schönes Wetter gewesen?« Der Engländer sieht uns an, sieht wieder in seine Teetasse, spricht kein Wort. Auch gut, denken wir, und gehen zu dem zweiten. »Nicht wahr, mein Herr«, sagen wir, »Aufruhr in Frankreich, haben Sie schon gelesen?« Der Engländer sieht uns an, sieht wieder in seine Teetasse, spricht kein Wort. Wir wandern zu dem dritten, und weil wir gerade in Yorkshire sind, sagen wir: »Lieber Herr, wie befindet sich doch der Landprediger zu Wakefield?« Der Engländer sieht uns an, sieht wieder in seine Teetasse, spricht kein Wort. Da steigt eine gelinde Wut in uns auf. »Ihr Briten, ihr Geschöpfe Gottes, seht, an einem frühen Morgen zogen wir von der Heimat aus, auf den niederländischen Dampfbooten hat man uns schlechten Wein gegeben, in Rotterdam hat man uns geprellt, auf dem Kanal waren wir seekrank, auf euern Eisenbahnen in England bekamen wir Ohrenbrausen, auf eurer königlichen Post sind uns die Füße erfroren. Hört, ihr Insulaner, wir kommen heute abend in dieser Sonne an, in diesem Gasthaus, wir wollen uns nach all den Mühseligkeiten der Reise pflegen und erquicken, wir suchen, was uns lieber ist als Brot und Wein, wir suchen das Labsal des Wortes – und, ach, ihr habt es uns versagt! Hört, ihr Kinder Alt-Englands, ihr seid entweder stolz oder dumm! Gott weiß es; am Ende seid ihr nur klug genug, um viel Geld zu verdienen! Wir armen, lustigen Deutschen verachten euch! Sela!«

Als wir diesen Monolog halb laut, halb leise am Kamin gesprochen haben, greifen wir in die Rocktasche, ziehen unsere Zigarrendose hervor und bemächtigen uns einer echten Bremer, die wir so glücklich waren, durch die Douanen hindurchzuschleppen; natürlich als rechtschaffene Leute gegen einen enormen Zoll! Wir reißen der »Times« den Kopf ab, falten das glatte Papier und sind eben damit beschäftigt, die braune Bremerin an der äußersten Spitze anzuzünden, da werden wir durch einen Schrei des Entsetzens unterbrochen. In der Ecke des Zimmers richtet sich der Kellner in baumwollenen Strümpfen empor, sein blasses Antlitz ist noch fahler geworden, er hält die Hände über den Kopf ausgestreckt gleich Moses in der Schlacht gegen die Amalekiter. Jetzt macht er einen Schritt vorwärts, ihm folgt die Wirtin, welche den Schrei ausstieß, der Sohn des Hauses macht den Schluß, und ist sprachlos. Alle drei stürzen auf uns los, den ändern Gästen entfallen die Teelöffel. »Er raucht! Er raucht!« raunt einer dem andern zu, und bald sind wir von dem erschrockenen Trio umringt. Die Wirtin faltet bittend die Hände, der Kellner erfaßt sanft unsern Arm, der Sohn des Hauses zittert, und ehe wir uns nur besinnen können, sind wir bereits aus dem Gemach entfernt und in ein Rauchzimmer abgeführt. Der Kellner verschließt sorgfältig die Tür. Dort sind wir nun allein mit unserm Grimm und der Zigarre. Wir nähern uns wieder dem Kamin, setzen uns in einen Lehnstuhl, welcher nicht wie gewöhnlich vier Beine hat, sondern wie eine Wiege eingerichtet ist, und schaukeln uns hin und her, unserm Schmerz überlassen!

Nach geraumer Zeit fällt uns ein, daß der Abend noch sehr lang ist; wir wissen bereits, daß es weder Theater, Gesellschaften noch etwas Ähnliches gibt. »Den Uhland aus der Reisetasche zu ziehen« haben wir auch gerade keine Lust; sind wir doch nach England gekommen, um Volk, Sitte und Sprache kennenzulernen; wir beschließen also eine Promenade. – Die Straßen sind ziemlich gut erleuchtet; bald sind wir in dem belebtesten Stadtteil, und vor uns aufgetürmt liegen all ihre Wunder. Rechts ein Laden mit neuen Stiefeln, links ein Laden mit Beefsteak, rechts ein Laden mit Hosenträgern, links ein Laden mit gerupften Kapaunen und so fort und so weiter, eine Straße nach der andern, Hunderte, Tausende von Häusern voll! Plötzlich stehen wir am Rande eines tiefen Tales. Unser Auge sucht hinabzudringen, ein dicker, schwarzgrauer Nebel verdeckt alles; unheimlich schimmern Lichter und hellodernde Feuer darin, und ein wirres Getöse schlägt betäubend an das Ohr. Ganze Reihen von Schornsteinen, welche sich schlank wie Minaretts über die Dächer der Häuser erheben, zeigen an, daß dies der Ort ist, wo das Rasseln der Räder, das Schnurren von Millionen Spindeln sich mit den Seufzern der geplagten Arbeiter mischt, daß hier die Stelle ist, wo jene Masse von Waren erzeugt wird, die der Brite auf seinen Flotten in alle Welt sendet.

Wir entfernen uns von dem lärmenden Grunde und geraten auf einen freien Platz. Es ist heute Markttag gewesen, die Leute aus der Umgegend stehen noch in kleinen Gruppen zusammen und handeln. Der weise Salomo sagt: »Wie ein Nagel in der Wand, also steckt die Sünde zwischen Käufer und Verkäufer!« Die Welt ist seitdem älter geworden, wohl tausend Jahr und darüber, wer weiß, wie es jetzt aussieht? Ein Engländer hält den Sonntag heilig, vom Morgen an bis nachts um zwölf Uhr; zehn Minuten nachher, wie die

Sage geht, soll sich der ganze Mensch aber plötzlich ändern, und die Nationen der Welt wissen davon zu erzählen.

Lassen wir das. Wir wollen uns lieber über die Gesichter der geschäftigen Handelsmänner freuen. Wahrlich, sie sind ziemlich interessant! Die spitzen Nasen, die schlauen Mundwinkel, die kleinen blinzelnden Augen, wie herrlich alles zueinander paßt! Und nun der runde Filzhut, der schäbige Frackrock und hin und wieder die braunen Manchesterjacken, wie lustig sie durcheinanderwogen! Die guten Leute gehören nicht zu den Londoner Matadors; es sind nur die kleinen, geschäftigen Ameisen im Innern des Landes! Noch eine halbe Stunde dauert das Treiben fort, da ist der letzte Handel geschlossen; alles schleicht nach Hause, die Straßen werden leer und öde, Nebel und Rauch brechen in finstern Massen in die Stadt ein, es ist gänzlich Nacht geworden. Der todmüde Arbeiter ißt halb im Schlafe sein Abendbrot, der Fabrikherr kauert am Kamine, den Kopf in eine Zeitung begraben, die Läden werden allmählich geschlossen, der Tag ist aus. Zehn bis zwölf Stunden hat man gearbeitet und in wilder Hast dem Gelderwerb nachgejagt – was Wunder, daß da die Arme schlaff hinunterhangen, daß der Geist müde und tot ist, daß nicht einmal die Kraft mehr da ist, die Stunde der Erholung zu genießen, daß man nur zusammensinken, nur schlafen kann bis zu einem neuen Morgen, der ebenso traurig beginnt, wie der vorhergehende Abend schloß!

Der Schornstein einer Fabrik ist wie ein hochgeschwungener eiserner Arm, der in seinem Bereich die Bevölkerung stufenweise zur schrecklichsten Dumpfheit hinabdrückt. Die jahrelange einförmige Arbeit scheint den Menschen geistig durchaus vernichtet zu haben. Daher auf den Straßen kein Gruß, auf den Feldern, im Walde kein Lied mehr; blaß, mit trüben Augen irren Kinder wie Erwachsene aneinander vorüber, einer scheint den andern kaum zu bemerken; sie sind wie abgestorben, es blieb ihnen nur noch der arbeitgewohnte Leib, den sie so lange für geringen Lohn hingeben, bis auch er zuletzt gebrochen ineinander sinkt.

Doch kommen Sie, wir sind lange genug auf der Erde gewesen, wir wollen wieder in die Sonne steigen! Die Sonnenwirtin, der Sonnenkellner und der Sohn vom Hause haben uns während der Promenade durch die Stadt den Tee bereitet. Auf dem Tische steht schon das Beef, gesottene Eier und geröstetes Brot; wir lassen uns nieder, aber, weiß Gott, es will uns gar nicht schmecken. Ein etwas gutmütiger Mensch schämt sich ordentlich, in einer Fabrikstadt, wo es so viele unglückliche Hungerleider gibt, gut zu Tisch zu sitzen! Wir hatten ganz recht, wenn wir im Anfang dieser Skizze sagten, der Franzose würde schon am dritten Tage in einer englischen Fabrikstadt sterben; er würde es sicher, er fände ja keine Gesellschaft, er könnte ja nicht sprechen! Und der Italiener würde sich erschießen, weil er oft in zwei Monaten keinen blauen Himmel sähe; und der polnische Jude würde sich erhängen – wer weiß, weshalb! Nur den Deutschen, den man überall, auf der ganzen Erde findet, trifft man auch hier jahraus, jahrein an. Der Deutsche stirbt nie aus. Er gewöhnt sich an alles. Seine stille Gemütlichkeit trägt er mit sich über Land und Meer. In den englischen Fabrikstädten findet man außer vielen andern namentlich Hamburger. Zu ihrer Ehre sei es gesagt, sie haben die Heimat doch nicht ganz vergessen! Am Sonntag, wenn die Engländer Gefahr laufen, vor lauter Beten und Bibellesen schwachsinnig zu werden, da sieht man sie nach alter Gewohnheit mit Klang und Gesang auf die Dörfer hinausfahren. Sie halten sich auch die »Augsburger Zeitung« und die »Kölnische«, und erhebt manchmal ein Junge aus dem Schwarzwald, der mit seiner Orgel über den Kanal herüberstreifte, ein deutsches Lied auf der Gasse, da hört man plötzlich in dem nächsten Hause mit kräftiger Stimme den Refrain singen, und der Landsmann aus dem Schwarzwald geht gewiß nicht ohne Trost vorüber! Doch wir wollen den Städten Lebewohl sagen und in die Yorkshire-Berge steigen, wo der alte Squire wohnt.

Weihnachtsfest in den Yorkshire-Bergen

Einige Tage lang hatte ein dichter Nebel auf den Bergen gelegen, beständig tropfte es von den Bäumen herunter, und die Leute an der einen Seite des Tales hatten die Häuser ihrer Nachbarn an der andern gewiß seit acht Tagen nicht gesehen. Da änderte sich am Abend vor Weihnachten plötzlich der Wind; in einer halben Stunde war die ganze Gegend klar, die Sterne stiegen nach und nach am tiefblauen Himmel herauf; der eben noch ganz feuchte Boden wurde hart und fest, so daß die Arbeiter, welche aus der Stadt in das Dorf zurückkehrten, rascher als gewöhnlich darüber weg eilten. Die guten Hausfrauen hatten aber alles wohl besorgt. Kessel und Kannen waren schon vor mehreren Tagen der Reihe nach gescheuert und geputzt. Es blieb nichts mehr zu tun übrig, und still und froh konnten sie der Feierzeit entgegensehen. Die Nacht über blieb es kalt, und am andern Morgen verkündeten die zarten Rosenlichter, welche dem Aufgang der Sonne vorherschwebten, schon früh einen schönen Tag. In all seinem Glanze brach er endlich heran, und erstaunt blickten die Landleute, welche durch das Tönen der Glocken von nah und fern eben vor die Türen gelockt waren, über das Tal hinweg nach den Tannenwäldern, die in weiß und grünem Schmuck in den ersten Strahlen der Sonne zu leuchten begannen. Die Gegend war herrlich. Unten im Tale der kleine Fluß, von dem in England fast das ganze Jahr hindurch grünen Rasen umgeben. Höher hinauf Häuser mit Gärten, hinter denen sich mächtige Erlen erhoben, schlanke Stämme mit einer Krone weit auseinandergreifender Äste; über diesen die Tannen auf dem Rücken der Berge, die sich weit hinauszogen und nur in der Entfernung einer halben Meile mehr nach beiden Seiten liefen, als wollten sie die Aussicht nach einem weißen, zierlichen Schloß besser frei halten, das sich mit zwei schlanken Türmen lustig aus den bereiften, schimmernden Zweigen der dunkelgrünen Tannen erhob. Dort sah man auch durch ein gewaltiges Tor in einen Park hinein, in welchem sich eine Herde Damhirsche herumtummelte. Über dem Ganzen der Glanz der Morgensonne und das Blitzen von tausend bereiften Baumwipfeln.

Wir schreiten, das Tal entlang, dem Schlosse zu, steigen den Hügel hinan bis zu dem Eingang des Parks, wenden uns dann aber rechts. Der Weg geht noch etwas durch die Waldung, bald aber haben wir den letzten der alten, knorrigen Eichbäume erreicht, und vor uns liegt auf ebenem Rasenfelde, von kleinen Gebäuden umgeben, ein ziemlich großes, von Steinen aufgeführtes zweistöckiges Haus, dessen Dach nach allen Seiten etwas hinüberhängt und vier gewaltige Schornsteine führt, welche sämtlich ihren hellblauen Rauch schnurgerade in die Luft emporsteigen lassen. Das Schloß mit dem Parke gehört dem reichen Briten, dem Lord, das Haus auf grünem Rasenfelde dem Squire, der auf dem Grund und Boden seiner Väter frei das Haupt erhebt und, nicht weniger begütert als der vornehme Nachbar, von diesem noch zu seinen eigenen Feldern eine Anzahl Wälder und Wiesen übernahm, so daß er in den Tälern eine bunte Herde »schwerwandelnden Hornviehes« unterhält und seine Pferde hinuntertreiben kann bis ans Meer. Lassen wir den Lord, der sich vielleicht auf dem Rhein, auf dem Ganges, auf dem Mittelmeer wiegt, samt seinem Damhirsch-Park in Ruhe und Frieden! Wir wollen zu dem alten Squire gehen, der in seinem eigenen Reiche zurückblieb und, treu den Sitten und Gebräuchen seiner Vorfahren, eben am Kamin sitzt und darüber nachdenkt, wie er seinen Kindern, seinen Leuten eine fröhliche Weihnachstsfeier bereiten soll. Er ist ein Mann von etwa fünfzig Jahren, groß, mit breiten Schultern, seine Wangen sind etwas von der Luft gerötet und gebräunt;schlicht hängen die schon grauen Haare an den Schläfen herunter; seine Augen sind blau und sehr gutmütig. In grünem Rock mit stählernen Knöpfen, mit Gamaschen von hellbrauner Farbe, die von den großen, plumpen Schuhen bis über die Knie hinaufgehen, und den Filzhut mit sehr kleinem Rande hinten auf dem Kopf, sitzt er in dem ungeheuren Lehnstuhl an der Feuerseite und hat die Hände vor dem rechten Bein ineinandergeschlungen. Vor ihm steht ein schlanker Junge von ungefähr zwanzig Jahren, in blauen Kleidern, die überall knapp anliegen und nur vor der Brust auseinanderfallen, um einen glänzendweißen Hemdkragen sehen zu lassen. Um den Hals ist etwas nachlässig ein schwarz und rot kariertes Tuch gewunden. Die Hände stecken halb in den Taschen. Der Junge hat ein keckes, unternehmendes Profil! Ehe wir weitergehen, werfen wir einen Blick in das große, altmodische Gemach, in dem sich der Squire mit seinem Sohne aufhält. Der Fußboden ist fast ganz mit einem dunkelgrünen Teppich bedeckt, vor den Türen und um den Kamin herum liegen Dachsfelle mit roter Einfassung. Die Wände sind mit braunen Eichenbohlen ausgelegt, und einander gegenüberstehend gewahrt man an beiden Seiten zwei riesige Schränke von geschnitzter Arbeit, wohl zweihundert Jahre alt. In den Fensternischen stehen kleine Sofas, in der Mitte des Zimmers aber ein ungemein großer Tisch, der mit Büchern und Papierrollen bedeckt ist. An der Hauptwand hängt ein dunkles Ölgemälde, von der Decke herunter ein Armleuchter. Das merkwürdigste im ganzen Gemache ist aber sicher der gewaltige Kamin, so groß, daß man fast einen ganzen Eichbaum mit einem Male darin verbrennen könnte. Er ist von einem marmornen Gesims umgeben, auf dem Krüge, Gläser und allerlei sonderbare Figuren stehen. Die Strahlen der Morgensonne wetteifern mit den Flammen des Kaminfeuers. – Und nun wieder zu dem Squire! Er nickt einige Male mit dem Kopfe, lacht dann laut auf und sagt zu seinem Sohne: »Bim, lieber Bim, sechs Flaschen Portwein, von dem alten Wein, Junge, wir müssen sie haben! Die gute Mary sagt, sie wären nur für Kranke, aber wer ist krank um Weihnachten? Ganz England ist munter und lustig, und«, fügte er in ernstem Tone hinzu, »sollte etwas vorfallen, da wissen wir doch Rat zu schaffen! Das gute Kind hat nun einmal das Regiment über Küche und Keller, sie will die Flaschen nicht herausgeben; aber wir müssen den alten Portwein haben, was soll sonst aus unserer Bowle werden! Du bist in Manchester auf der Schule gewesen und hast allerlei gelernt, sieh, wie du es fertigbringst!« Da schwieg der alte Squire, und man sollte denken, daß Bim, als ein Jüngling von zwanzig Jahren, seine größte Freude über diesen Auftrag an den Tag gelegt hätte; aber Bim verzog keine Miene, die Hände blieben in den Taschen, keine Silbe kam über die roten Lippen, und das einzige Zeichen, daß er den alten, fröhlichen Vater verstanden hatte, war das Zudrücken des einen Auges und die Bewegung seiner Nase, wie junge Windhunde wohl tun, wenn sie zum erstenmal mit aufs Feld genommen werden. Dann drehte sich Bim um und verließ das Zimmer. »Very well!« hörte man ihn in der Tür sagen. Der Squire erhob sich aus dem Lehnstuhl und schritt ans Fenster. Er sah zwei seiner Leute auf dem Hofe stehen. Er winkte ihnen, und bald traten die beiden herein. Sie mußten Bericht über ihre Sendung vom verflossenen Abend abstatten und taten es mit der größten Kürze. Um nach alter Sitte den Armen rings in der Gegend ein fröhliches Fest zu bereiten, hatte der Squire schon einige Tage vorher eine Masse Weißbrot backen und samt vielen Stücken des besten Ochsenfleisches und einigen Fässern Ale verteilen lassen.

Heute sollte auch der Durstigste Kummer und Not vergessen und nach einem ganzen Jahre ununterbrochener Arbeiten und Entbehrungen sich mit dem süßen Komfort umgeben können, in dem sich die Bewohner Alt-Englands so glücklich fühlen. Als die beiden Leute des Squire mit ihrem Bericht fertig waren, eilte der eine in die Ställe und zog bald einen blankgeputzten Schimmel am Zaume heraus. Flink saß er ihm auf dem Rücken und trabte dann in das Tal hinunter, um ein paar Meilen weit in der Runde alle Bekannten und Verwandten des Squire daran zu erinnern, daß um vier Uhr die Festlichkeiten begännen.

Während dieses an der einen Seite des Hauses und des Hofes vorging, war die junge Mary in den übrigen Räumen nicht weniger tätig gewesen. Die Tochter des Squire lief schon früh in die Küche hinunter und musterte das Heer der Kessel und Schüsseln, welches rings die Gesimse der Kamine bedeckte, und wählte aus, was am heutigen Tage gebraucht werden sollte. Dann erteilte sie den Mägden die übrigen Befehle oder wünschte eigentlich nur, was sie wollte, denn nie vergaß das gute Kind, ein wohltönendes »If you please« an die Aufträge zu hängen, welche sie gab. Als alles in gehöriger Ordnung war, huschte sie wieder die Treppen hinauf, und wer unten stand, hätte sich über zwei allerliebste kleine Füße freuen müssen, die in schneeweißen Strümpfen und grünen Morgenschuhen nur im Fluge die einzelnen Stufen berührten. In ihrem stillen Schlafgemach trat die jugendliche Schöne vor den kleinen Spiegel und ließ den braunen Schildpattkamm durch die blonden Haare streichen, so daß bald an den Wangen die aufgelösten Locken in reicher Fülle hinunterfielen. Die helle Schürze mit tiefem Einschnitt, welche in Falten über das dunklere Kleid rauschte, ließ die schlanke Taille noch vorteilhafter erscheinen; und als nun endlich der einfache Anzug fertig und nett die liebe Gestalt umgab, da hätte mancher Junggeselle recht viel darum gegeben, ihr zu guter Letzt noch das samtne Tuch um den weißen Hals werfen zu dürfen, um dann erwartungsvoll in das blasse und nur von der winterlichen Luft etwas gerötete Antlitz zu blicken, ob und mit welch lieblichem Lächeln sie ihm für den kleinen Dienst danke. Wenige Augenblicke nachher versammelten sich die Familie und die ersten Untergebenen des Squire in dem großen Zimmer zum Frühstück. Es wurde totenstill im ganzen Hause, und bald hörte man den Hausvater einen altenglischen Episkopal-Gesang erheben, feierlich und ernst, wie er ihn seit dreißig Jahren gesungen, und mit helltönenden Stimmen sangen Kinder und Hausgenossen das »Amen«.

Der Tag schritt voran. Bald war es vier Uhr nachmittags; da knarrten die beiden Flügel des großen Hoftores und öffneten sich weit zum Empfang der Gäste, die in mehreren Wagen den Hügel herankamen. Landlords und Landladies im besten Schmuck, bedächtige, dicke Pächter, junge Burschen und schüchterne Mädchen stiegen vor der Haustür ab. Dort stand schon der Squire mit seiner Tochter, um einem jeden seiner Freunde mit einem herzlichen »How do you do?« die Hand zu schütteln. Mary küßte die frischen Gesichter der freundlichen Nachbarinnen, und Bim, mit den Händen in der Tasche, blinzelte mit den Augen. Alle stiegen die Treppe hinauf und waren bald im Innern der Wohnung, wo in drei Zimmern gewaltig breite Tische mit etwa dreißig Gedecken aufgepflanzt standen. Den ältern Leuten war ungehinderter Eingang gestattet; alles junge Volk wurde aber nicht so schnell damit fertig, und namentlich zauderten die jungen Mädchen ungemein mit dem Eintreten; mit Kichern und Lachen verbargen sie die kleinen Köpfe in den Händen, eine suchte sich hinter der andern zu verstecken, und die niedlichen Füße wollten gar nicht von der Stelle. Über der Stubentür erblickten sie nämlich zu ihrem süßen Schrecken den verhängnisvollen grünen Weihnachtsstrauß, und auf der Schwelle vier bis fünf recht englische Jungen, die mit der Zunge schnalzten, ihnen verwegene Blicke zuwarfen und von Zeit zu Zeit mit den Händen über die roten Lippen fuhren, als machten sie sich zu einem lieblichen Geschäfte bereit. Nach altem Herkommen war es ihnen nämlich gestattet, jedes weibliche Wesen, das sie unter dem grünen Busch ertappten, mit einem nachdrücklichen Kuß zu bewillkommnen. Sie hätten aber heute ein ganzes Jahr warten können, ehe die geschmückten Schönen eingetreten wären. Erst als Bim dem bevorstehenden Glück freiwillig entsagte, die Schwelle verließ und den verschämten Mädchen in den Rücken fiel, um sie sanft vorwärts zu stoßen, da mußte endlich wohl die vorderste ihrem Schicksal entgegengehen, und mit einem leichten Schrei des Entsetzens sprangen ihr die andern nach. Die Burschen schlossen aber jetzt schnell die Passage, und im Nu hatte ein jeder eine schlanke Taille gefaßt, und piff, paff! brannte die süße Kanonade los, daß die alten Pächter und

Squires sich vor Lachen die Seiten hielten. Endlich hatten alle die
Schwelle überschritten, nur der schlaue Bim drückte sich in eine
Ecke und blickte sehnsüchtig nach der Tür, aus der seine Schwester
Mary heraustreten mußte, um die Tücher ihrer Freundinnen in
Sicherheit zu bringen. Sie erschien, beide Hände voll, und eilte einem andern Zimmer zu. Fast wäre sie vorbeigesprungen, aber zur
rechten Zeit noch umschlang sie der zärtliche Bruder, und während
der eine Arm den Kopf der schönen Schwester nach dem seinigen
bog, ließ er den andern an ihre Seiten hinabgleiten, und wie ein
Blitz fuhr die lange Hand in die Tasche der seidenen Schürze und
zog ein Bund Schlüssel daraus hervor. Die arme Mary, bei ihren
rosigen Lippen so stürmisch angegriffen, hatte es gar nicht bemerkt,
und ehe sie sich von ihrem Schrecken erholen konnte, war der Bruder Bim schon verschwunden, und »Very well!« hörte man ihn über
den Hausgang rufen: »Ich habe die Kellerschlüssel! Sechs Flaschen
Portwein, vom alten, die sind sicher! Very well!«

Die Gäste erwarteten indes den Weihnachtsbaum; nicht einen
Baum mit Lichtern wie in Deutschland, sondern den Stamm einer
Eiche von mehreren Fuß Länge. Bald hörte man von dem Walde
herüber den Klang von mehreren Instrumenten und viele Stimmen,
die lustig ineinander jubelten. Jetzt zogen sie in das Gehöfte ein,
und aus den Fenstern antworteten schon die jungem Leute mit jenem eigentümlichen Ruf, in dem das Wort »Jule« (Weihnachten) zu
verschiedenen Malen widertönte. – Der Zug trat jetzt ins Zimmer
ein. Voran ein phantastisch gekleideter Bursch, der das Ganze leite-
te. Ihm folgten vier Musikanten: einer spielte Klarinette, der andere
das Waldhorn, der dritte die Flöte, und ein letzter suchte aus einer
alten Bratsche dumpfe Töne zu locken. Dann kamen junge Mädchen
mit grünen Taxus- und Tannenzweigen in den Händen und hierauf
einige Leute des Squire, welche auf zwei dicken Stöcken einen gewaltigen Eichenklotz, das untere Ende des Stammes, trugen. Dies
war der »Jule cloq« (der Weihnachtsbaum). Den Schluß bildeten
fünf bis sechs Jungen mit Tannenzweigen an den Hüten, die bald in
die Melodie der Musikanten einstimmten, bald ihrer Freude in be-
liebigem Jubeln Luft machten. Der Weihnachtsklotz wurde nun in
den Kamin geschoben, und die ganze Gesellschaft jauchzte laut auf,
als die Flammen bald das alte Holz erfaßten und prasselnd darüber
emporschlugen.

Die Sonne war indes untergegangen. Auf den gedeckten Tischen begannen Krüge und Gläser zu schimmern: merkwürdige hochgehenkelte Gefäße, mit allerlei fratzenhaften Gesichtern geschmückt; weite, große Schüsseln, mit Lorberblättern umlegt; verschiedene Brote und Kuchen, in phantastische Formen gebacken, über denen sich freilich kein Wildschweinskopf, wie es eigentlich die Sitte will, sondern in schönster Abwechslung Beef, Gänsebraten und Pudding erhoben. Vor allem strahlten aber drei riesige Bowlen und verbreiteten rings einen süßen Duft. Auf jedem Tisch stand eine. Die zu den beiden Seiten enthielten altes, feines Ale, mit Zimt, Ingwer, Zucker und Rosinen gewürzt, die dritte, auf dem mittleren Tische, war unerschöpflich an altem Wein. Um die beiden ersten sammelten sich die Leute des Squire und einige Pächter, welche die Ale-Mischung allem andern vorzogen; die Weinbowle war für den Hausherrn und die genauern Freunde bestimmt. Die Tafelrunde selbst nahm sich lustig genug aus. Bunt durcheinander sah man wohlbeleibte Pächter mit ihren gesunden, kräftigen Gattinnen, kecke, unternehmende Gesichter der Jüngern Leute, verständige Squires-Köpfe und die schlauen Augen der im Roßhandel bewanderten Landlords; den eigentlichen Reiz verliehen aber dem Ganzen jene eigentümlichen Schönheiten, die den nebelhaften Charakter des Inselreiches in ihren Gesichtern widerschimmern lassen und daher nicht rot und frisch wie etwa deutsche Mädchen erscheinen, sondern mehr eine melancholische Färbung auf den Wangen tragen. Während man die Hände zum Mahle erhob, taten die vier Musikanten ihr möglichstes, um das Ohr durch lustige Melodien zu ergötzen. Jetzt schwiegen sie, als wollten sie sich zu einem Hauptstück rüsten, und nicht lange währte es, da brauste das »Rule Britannia« durch die drei Gemächer, und begeistert stimmte jeder Mund in den Gesang ein. Die Pächter an den gewürzten Ale-Bowlen schienen namentlich ganz im rechten Zuge zu sein. Einer glühte schon seit einiger Zeit wie ein Nordlicht, und deutlich konnte man ihm ansehen, daß er etwas ganz Besonderes auf dem Herzen hatte. Bald faßte er das schwere Glas, räusperte sich mit unbändigen Grimassen und suchte vom Stuhle aufzuspringen. Aber gleich darauf war ihm schon alles wieder leid, und schwermütig sank das Haupt auf die Brust hinab. Erst als ihn der Squire mit deutlichem Winken ermunterte, nur alles zu sagen, was er für recht und am Orte hielte, konnte er es nicht länger in der Seele verschließen, und mit würdigem Tone begann er: »Here's health to inside of a loaf! Outside of a dale: a good beefsteak and a quart of ale!« Was in deutscher Sprache ungefähr so heißen würde, als wenn man jemandem nebst guter Gesundheit wünschte, er möge stets das Innere eines Brotes und stets das Äußere eines Gefängnisses sehen, auf dem Tisch aber ein gutes Beefsteak und ein Quart Ale.

Nachdem dies einige Male mit großem Jubel von den übrigen Gästen wiederholt war, entfernten sich die Frauen und Töchter, um beim Schein des hellen Sternhimmels allerlei Tänzen und Spielen zuzuschauen, die auf dem freien Platz vor dem Walde aufgeführt wurden. Leider beschließt man indes das Fest jetzt nicht mehr mit jenen kräftigen Späßen wie vor fünfzig oder hundert Jahren, wo bei solchen Gelegenheiten jedesmal der heilige Georg mit einem Drachen oder Türken zur allgemeinen Belustigung kämpfen mußte; das Ganze beschränkt sich auf einige Tänze und die Abenteuer unter dem grünen Busch vor der Tür. Von der Erlaubnis, die mit diesem zusammenhängt, suchen denn freilich die jungen Burschen in jenen Tagen sehr zu profitieren, und leicht läßt es sich denken, wenn Wein, Gesang und ein schöner Nachthimmel die Seelen in einen süß-romantischen Zauber einwiegen, daß das erste Widerstreben allmählich verschwindet und zuletzt sich eine Lippe der andern gern zu raschem Kusse entgegenbiegt. Die Bekanntschaft, welche auf solche Weise angeknüpft wurde, spinnt sich dann auch wohl über die Feiertage hinaus fort, und nach Jahren sammelt ein lustiger Squire vielleicht seine jungen Freunde zu eben dem Feste, das ihm selbst seinerzeit den ersten Kuß der Geliebten brachte, die nun als Gattin neben ihm am Kamin thront.

Als die Frauen das Zimmer verlassen hatten, rückten die Männer näher mit den Stühlen zusammen, und nicht lange dauerte es, da brachte auch schon der lange Bim die sehnlich erwarteten sechs Flaschen Portwein herbei, und der Squire mußte gestehen, daß er an seinem Sohne doch ein gutes Gewächs habe. Die Gäste wiegten sich jetzt behaglicher in den großen Lehnstühlen, die Gläser wurden aufs neue gefüllt, und hatte man sie halb oder ganz ausgetrunken, da wurden sie auf das Gesims des Kamins gestellt. Manche ernste und heitere Geschichte aus den Yorkshire-Bergen wurde von den alten Squires und Pächtern erzählt.

So endete die Weihnachtsfeier in jenem altertümlichen Gehöfte, das so reizend zwischen Berg und Wald auf grünem Rasenfelde liegt.

Mit herzlichem Händedruck nahmen die Gäste von ihrem Wirte Abschied. Der alte Squire stand wieder vor der Tür seines Hauses und begleitete einen jeden mit helltönendem »Farewell!« Bim nickte den jungen Freundinnen zu und steckte die Hände in die Taschen. Die schöne Mary ließ ihre blonden Locken im Abendwinde wehen und war ausnehmend schön! Fort aber rollten die Wagen mit ihren schlaftrunkenen Gästen. Von Zeit zu Zeit jubelte noch mal einer der heimziehenden Burschen; dann reckten sich die Damhirsche in dem nahen Park erschrocken in die Höhe. Bald wurde alles still. – Leb wohl, du alter Squire in der Grafschaft Yorkshire!

Eine fromme Familie

Ich liebe den Mond. Nicht, weil er mich einmal zu einer erbärmlichen Elegie begeisterte, der sogar das Wochenblatt die Aufnahme weigerte; nein, ich liebe den Mond nur seines holden Selbst wegen und habe deshalb eine unauflösliche Freundschaft mit ihm geschlossen; der Mond ist meine Leidenschaft, ich schwärme für ihn, und fast möchte ich glauben, daß er eine ebenso große Zuneigung zu mir gefaßt hat. Ich habe sogar die besten Gründe, dies zu vermuten. Mache ich ihm Vorwürfe und sage: »Mond, schäme dich, du bist voll!«, da schämt er sich und gibt seinen zunehmenden Lebenswandel auf, um schon nach kurzer Zeit wieder als ein vernünftiges längliches Gestirn am Himmel herumzuspazieren.

In Deutschland sah ich den Mond zuletzt, als er gerade untergehen wollte. »Halt!« rief ich ihm zu. »Ich reise jetzt nach England. Gott weiß, wie es mir dort ergehen wird; alte Bekannte findet man nicht überall. Wie wäre es, teurer Freund, wenn du dich zu einer gleichen Reise entschlössest, wenn wir über einige Wochen bei einer Flasche Rurton-Ale wieder zusammenträfen, wenn wir uns plötzlich in einer Grafschaft Alt-Englands wiedersähen? Sprich, was meinst du ? Bringe deine Familienverhältnisse in Ordnung und, lieber Mond, sei kein Narr, streife ebenfalls über den Kanal hinüber. Man reist ja heutzutage so schnell; am Morgen in Köln, am Abend in Ostende, den folgenden Tag bist du schon in London und amüsierst dich in der darauffolgenden Nacht im Park zu Windsor! Topp!« Da verschwand der Mond hinter den Bergen.

Tage und Wochen vergingen, da wandelte ich eines Abends in einer kleinen Stadt Yorkshires umher und führte keinen andern Gedanken, als eine hübsche Wohnung zu mieten, in der ich während der nächsten Zeit ruhig und ungestört die drei ersten Kapitel des »Tristram Shandy« lesen könnte. Viele schöne Häuser lagen zu beiden Seiten der Straße, hell erleuchtete Läden und dann und wann auf grünen Rasenplätzen eine Kirche, eine Kapelle oder ein Bethaus. Lange wollte sich aber kein Gebäude zeigen, von dem ich vermuten durfte, daß es mich in seinen Räumen aufnehmen würde.

Bald war ich am Ende der Straße und blieb unwillkürlich vor dem letzten Hause stehen. Sollst du, oder sollst du nicht? Die Leute können höchstens ein verächtliches Gesicht schneiden und dich deiner Wege gehen heißen; also frisch die Klingel gerührt! Ich schritt an die Tür: »Woodcock« las ich auf einem Schilde – also »Schnepfe« zu deutsch. Gut, ich will bei dieser Schnepfe einkehren! Im Innern tönte gleich darauf ein lustiges Klingeln, noch einen Augenblick, und die Tür wurde geöffnet. Ein, junges Mädchen streckte mir den Kopf entgegen und sprach einige Worte, die ich nicht verstand. Ich gab übrigens auch gar nicht darauf acht, denn plötzlich stiegen so viele glückliche Gedanken, so herrliche Schlüsse und Folgerungen in mir auf, daß ich genug mit mir selbst zu tun hatte und schleunig in ein tiefes Sinnen geriet.

Wo ein junges Mädchen im Hause ist, können ein Paar schöne Augen darin sein; wo schöne Augen sind, wird es auch rote Lippen geben; wo rote Lippen sind, kann ein Kuß nicht fehlen; wo man küßt, da liebt man; wo man liebt, da laß dich ruhig nieder! – Ergo, ich miete diese Wohnung, ich bleibe hier! Ergo... »Ach verzeihen Sie, teure Miß«, denn die Miß stand noch immer in der offenen Haustür und wartete mit einiger Ungeduld ab, daß ich meine Wünsche kundgäbe, »verzeihen Sie, nicht wahr, hier wohnt die Frau Schnepfe?« – »Yes!« sagte die Miß. »Very well!« sagte ich und wollte eben eine zierliche Redephrase beginnen, da hinderte mich der Zufall. In vollem Glanze strich nämlich zu derselben Minute mein sehr geliebter Freund aus Deutschland, der Mond, über die Dächer herüber und blickte lächelnd in die Gasse herunter. Man kann sich meine Freude denken. Also hast du Wort gehalten, treues Geschöpf, bist den vaterländischen Wäldern entlaufen und durch die salzige Flut mir nachgeschwommen? Tausend Dank! Sieh, ich bin eben im besten Zuge, mich in schöner Nähe niederzulassen; gestehe, dieses Mädchen ist wert, die Tochter einer Schnepfe zu sein; sieh diese braunen Haare, diese zauberischen Augen, diesen schlanken Wuchs! Und im Anschauen versunken, bemerkte ich gar nicht die steigende Verlegenheit des liebenswürdigen Kindes. Endlich stampfte sie mit dem kleinen Fuße, öffnete noch einmal weit die Tür, als wollte sie sagen: Entweder oder! Herein oder heraus! Ja oder nein!

Da wurde ich wirklich wach und wollte eben mein ganzes Herz ausschütten, als der Mond, der nämlich langsam in die Straße hereingetreten war, mit hellem Lichte über den Weg zitternd, seine

Strahlen bis in den kleinen Hof vor dem Hause, jetzt bis zur Tür dringen ließ und im Nu die jugendliche Schöne mitten in ihr holdes Gesicht küßte. Während dieses kritischen Augenblickes griff ich unwillkürlich nach dem Türschlüssel, der von einer weichen Hand gehalten wurde, und hatte der Mond einen so raschen Angriff wagen dürfen, weshalb konnte ich es nicht ebenfalls? Was dem einen recht ist, das ist dem ändern billig! Hei, du schönes Schnepfenkind, Gott zum Gruße! – Da hörte man ein seltsames Geräusch und alles war vorüber.

Bei der Frau Schnepfe wohne ich sehr gut. Mein Wohnzimmer geht nach dem Garten hinaus, der sehr reinlich gehalten wird und also eine angenehme Aussicht darbietet. Im Innern ist alles sehr komfortabel eingerichtet. Teppich, Sofa, Lehnstuhl, sämtlich im besten Zustande; auf dem kleinen Tisch an der einen Seite chinesische Krüge und Vasen, an der ändern Seite der Kamin, in welchem ich trotz der gelinden Witterung stets ein helles Feuer unterhalte. Eine englische Wohnung ist nichts ohne den hell flammenden Kamin. Bücher, Pfeifen und Fidibus liegen auf den Stühlen umher. Ich wäre fast glücklich in diesem Bereich, aber leider haben meine Hausleute erfahren, daß ich ein Deutscher bin, leider bilden sie sich ein, alle Deutschen seien musikalisch und ganz närrisch – und nun hört auch das Singen den ganzen Tag nicht auf! Kaum bin ich morgens um acht Uhr mit andächtiger Seele dem Bette entstiegen und bereite mir den Tee, froh darüber, an dem heutigen Tage noch nichts Böses getan zu haben, da hat auch schon der älteste Sohn meine Nähe verspürt. Er legt die Zeitung fort und setzt sich an das Piano. Erst ein Vorspiel in sanften und feierlichen Akkorden – es geht vortrefflich vonstatten –, es ist der Anfang irgendeines Stückes, das er sich schon seit Jahren einzupauken sucht; er spielt sogar rasch und fertig, wenn er glücklich die eigentliche Melodie erreicht hat. Jetzt ist er in der Mitte des Notenblattes; zwei-, dreimal sind schon die Finger auf die unrechten Tasten geraten, eine gewisse Bangigkeit ergreift ihn – man kann es deutlich hören –, die Töne stolpern durcheinander wie Bauernjungen, welche die Kirchentreppe hinunterfallen. Es geht nicht mehr, die Verzweiflung kommt, immer wilder und schneller jagen die Hände über das stöhnende Instrument, die Verwirrung wird mit jedem Augenblick größer, das Piano ächzt, als litte es an der galoppierenden Schwindsucht, die

Melodie tut noch einen Sprung, aber es ist auch der letzte, denn sie verendet plötzlich mit einem herzzerreißenden Schrei, mit der grimmigsten Dissonanz. Der musikalische Brite sieht ein, daß er sich noch nicht zur Vollendung durchgerungen hat, und schweigt. Ich atme erquickt auf und träume eben von der Glückseligkeit, jetzt allen Schrecknissen entgangen zu sein, da beginnt die heilige Musika von neuem. Kann man keinen Walzer trommeln, so kann man doch wenigstens das »God save the Queen« aufspielen. So denkt der älteste Sohn und läßt seiner Begeisterung freien Lauf. Das Nationallied ist die Losung zu einem allgemeinen Jubel. Im untern Raume des Hauses schlägt die Küchenmagd nach dem Takt mit den Löffeln zusammen, die Frau Schnepfe gibt ihre Morgenbefehle und singt in demselben Tone, die schöne Tochter trillert wie eine Bachstelze, und der Hausvater, der gerade zu seinen Geschäften aus der Tür geht, murmelt noch auf der Straße: »God save, God save the Queen!« Wehe dem, der dies Konzert anhören muß! Erhabener Geist, du gabst ihnen alles, du hast ihnen Shakespeare und Milton gegeben, du gabst ihnen die Westminster-Abtei, du gabst ihnen Flotten und Meere, du gabst ihnen Indien und China, du hast sie groß gemacht vor allen Völkern. Erhabener Geist, du gabst ihnen alles – nur keine Musik! Die Engländer können nicht singen. Ein Engländer lernt eher eine Million Pfund Sterling verdienen als eine schöne Melodie behalten. Nur zwei oder drei Lieder, die ihnen an der Wiege schon gesungen wurden, nehmen sie mit ins Leben hinein, das andere bleibt ihnen verschlossen. Daß dies wirklich der Fall ist, beweist das ewige Wiederholen auch nur dieser zwei oder drei Lieder, es beweisen dies die wenigen Ausnahmen, welche als musikalische Talente unter dem Volke, unter dem so zahlreichen Volke auftauchten, und es beweisen dies die ungeheuren Anstrengungen, welche der Engländer macht, um nur ein klein bißchen musikalisch zu erscheinen.

Aber das ist ja ganz einerlei. Es muß einem jedoch in England auffallen, wie die Menschen – bei aller ihrer Unfähigkeit zum Gesange – immer auf die lächerlichste Weise behaupten, auch hierin den Nationen den Rang abgelaufen zu haben. Jeder Engländer wird darauf schwören, sie hätten den größten Komponisten der Welt, weil Karl Maria von Weber bei ihnen begraben sei. Die Sucht, musikalisch zu sein, scheint sich in England bis auf das Tierreich zu erstrecken. Unter meinem Fenster weidet nämlich auf dem Bleichplatz ein schneeweißer Esel. Dieses ausgezeichnet schöne Tier ist mir schon bei meinem Eintritt in das Haus der Frau Schnepfe vorzüglich lieb geworden. Noch mehr bewundere ich es übrigens, seit ich neulich im Londoner »Punch« las, man habe die Entdeckung gemacht, die Esel seien unsterblich. »Freilich«, fügte der Redakteur hinzu, »die Leute denken nicht an eine Ausnahme, welche in der Geschichte vorkommt: sie denken nicht an den toten Esel in ›Yoricks empfindsamer Reise‹!« Wie dem auch sei, genug, mir ist es von der höchsten Bedeutung, einen weißen unsterblichen englischen Esel zu meinem Nachbarn zu haben; denn möglicherweise könnte dieser doch unsterblich sein. Die Grazie, mit welcher das liebe Vieh durch die Blumen wandelt, die Anmut, mit welcher mein Esel in den Morgenhimmel hinaufblickt, hatten mir gleich in den Kopf gesetzt, es müsse etwas sehr Besonderes hinter ihm verborgen sein. Lange konnte ich mit mir nicht einig darüber werden. Da stehe ich gestern, als der älteste Sohn eben sein Piano zur Veränderung malträtiert, am Fenster und zähle, wie oft er das »God save the Queen« wiederhole, und rufe zu meiner eigenen Verwunderung: »Schon hundertundeinmal! Das ist stark! Nein, alles hat seine Grenzen!«, als mich eine kräftige Baritonstimme unterbricht. Ich springe erschrocken auf. Weiß Gott, ich irrte mich, nein, huntertundzweimal! Da sehe ich aber, wie schmählich ich mich getäuscht habe. Es war der weiße Esel, welcher, von musikalischer Wut ergriffen, seinen Gefühlen im Gesänge Luft machte, und es klang, Gott weiß, wie das »God save ...«, das mir noch in den Ohren fortsummte.

Gestern kommt Miß Woodcock oder, mit andern Worten, Fräulein Schnepfe zu mir herein und erkundigt sich, wo eigentlich Deutschland läge. – Deutschland? Deutschland? Das solltest du kennen! Ich besinne mich einen Augenblick: »Ach, jawohl, es liegt seitwärts, etwas nach der linken Seite hin, wissen Sie.« – »Indeed?« ruft das junge Mädchen aus. »Das muß ein närrisches Land sein.« – »Wieso?« frage ich. – »Sehen Sie, lieber Herr, ich habe hier etwas über Deutschland. Mein Bruder brachte einige Zeitungen mit, ich sehe nie hinein, aber weil Sie ein Deutscher sind und in unserm Hause wohnen, so suchte ich nach, um etwas über Ihr Vaterland zu erfahren, und ich habe gefunden!« Da legte das freundliche Kind den großen Bogen auf den Tisch, rückte einen Lehnstuhl heran, setzte sich hinein und fuhr bald mit dem Zeigefinger durch die weiten Spalten. »Deutschland! Hier ist es, sehen Sie!« – »Wolfsjagden in Germany«, lese ich. »Deutschland, von unermeßlichen Wäldern bedeckt, zeichnet sich vor allen andern Gegenden durch seine herrlichen Jagden aus. Manch tüchtiger Nimrod wandelt dort noch unter den grünen Buchen, und nichts gibt es, woran er lieber seinen Mut erprobt, als an dem Fang der Wölfe. Diese gefräßigen Tiere rennen in Herden von 40 bis 50 Stück fortwährend durch die Täler, und nicht zufrieden mit dem, was sie den Hirten rauben, wagen sie sich sogar in die Dörfer und erwürgen kleine Kinder. Ist solch ein Anfall geschehen, da läßt der erste Konstabler des Ortes eine Mannschaft zusammentreten. Man bewaffnet sich und setzt den Wölfen nach. Nicht selten ist es, daß man ihrer einige erschlägt; die Ohren werden ihnen dann abgeschnitten und dem Gouvernement ausgeliefert, welches eine Prämie darauf gesetzt hat.« – Es fuhr mir ein kalter Schauder durch alle Glieder. Ich drehte das Blatt herum und sah nach dem Namen der Zeitung. Es war »Tom Spring's Life« in London. »Und das nennen Sie närrisch, meine liebe Miß?« Das junge Mädchen schaute mich verwundert an. »Aber ist es denn wirklich wahr?« – »Leider nur zu sehr!« erwiderte ich ihr mit dem möglichsten Ernste. »Es gibt sehr viele Wölfe in Deutschland.« Die schöne Schnepfentochter schwieg einige Augenblicke. Da legte sie plötzlich die Hand vertrauensvoll auf meinen Arm, sah mich mit ihren großen Augen recht feierlich an und fragte: »Sagen Sie mir doch, if you please, kennt man in Deutschland auch schon die Bibel?« – »Seit kurzem!« antwortete ich. – »Indeed? Aber ist es auch dieselbe Bibel?« – »Ganz dieselbe, auf ein Haar!« – »Oh, das ist beautiful!« rief meine Hausgenossin aus und tanzte vor Freude in der Stube umher. »Jetzt habe ich die Deutschen noch einmal so lieb!«

Das Geständnis, daß man in Deutschland die Bibel kenne, hat meine Lage in dem Hause der Frau Woodcock um ein bedeutendes geändert. Gestern abend hörte ich die Familie im großen Speisezimmer eine eifrige Unterredung führen; mehrere Male wurde mein Name genannt, und als ich ein wenig horchte, konnte ich deutlich vernehmen, wie der älteste Sohn sagte: »To be sure, er kennt nicht nur die Bibel, nein, er hat sie sogar unter seinen eigenen Büchern, und mit meinen Augen habe ich gesehen, daß er darin herumblätterte.« Die ganze Familie begrüßte diese Nachricht mit dem lautesten Jubel.

Vierundzwanzig Stunden sind seitdem verflossen; ich habe mir den Kopf hin und her zerbrochen, um zu verstehen, was es mit der Geschichte auf sich haben möchte. Endlich habe ich es erraten – und nicht nur erraten, nein, es ist zur völligen Gewißheit geworden! Man weiß zwar, daß ich aus Deutschland bin, wo alles noch wild und voller Wölfe ist, aber man weiß auch, daß ich trotzdem eine gewisse religiöse Grundlage mit nach England gebracht habe; auf dieser will man weiter fortbauen, es koste, was es wolle! Es ist kein Zweifel mehr, man will mich episkopalisch bekehren! Die ersten Anstalten sind bereits gemacht. Mein Tristram Shandy, in dessen zweites Kapitel ich eben mit Macht hineinsteuere, war aufgeschlagen auf dem Tische liegengeblieben. Heute morgen finde ich ihn sanft beiseite geschoben, und siehe da, eine Pilgrims-Geschichte mit goldenem Schnitt blickt darunter hervor. Kaum hatte ich einige Seiten darin gelesen, als der Sohn der Schnepfe im Nebenzimmer das Piano zu einem Choral rührte. Merkwürdigerweise ging es heute besser als je damit; er kam fast bis zum Schluß, und nur die Gewohnheit mochte es tun, daß die Melodie dennoch zuletzt in das »Gott segne die Königin« überschlug. Als er hierdurch mein Gemüt in die gehörige Stimmung versetzt glaubte, trat der älteste Sohn mit einem holden Lächeln zu mir herein. Sonntagsfrack und Weste saßen ihm herrlich, und das spitze Kinn bewegte sich graziös über dem Rande der weißen Krawatte.

Er drückte mir seine Freude aus, daß ich schon so früh mit der Pilgrims-Geschichte beschäftigt sei, und bemerkte noch, daß ich überhaupt stets gut in England gelitten sein würde; denn gern hätten sie gesehen, daß ich dem Beispiel anderer Fremder nicht gefolgt sei und seit dem Einzug in ihr Haus keine Karten berührt habe. Dann lud er mich ein, seine Familie in die Pfarrkirche zu begleiten.

Aus der Pfarrkirche komme ich eben zurück. Alles war herrlich. Voran schritt Mister Woodcock mit seiner Gattin, dann kam der älteste Sohn mit dem jüngern Bruder, zuletzt ich mit der schönen Fanny. Die Orgel brauste, die Engländer sangen. Wir standen in dem großen Kirchenstuhl, Mister Woodcock schüttelt mir die Hände und ruft: »You see, das ist unsere altenglische Kirche.« Der Sohn legt mir sein Gesangbuch vor, Fanny blickt mich mit triumphierenden Augen an; aber voller Entzücken, einen Deutschen aus dem wilden Lande der Wölfe zur Seligkeit episkopalischen Kirchendienstes eingeführt zu haben, reißt die Frau Schnepfe ihren eigenen Wollsack vom Sitze und legt mir ihn unter. Einstweilen ging die Sache gut, aber ...

»Shut the door! Machen Sie die Tür zu, mein lieber Herr Woodcock. Ich gebe Ihnen mein Wort darauf, der Vicar von Wakefield ist ein herrliches Buch.« – »Aber es ist eine Fiktion«, erwiderte der älteste Sohn, »und alles, was eine Fiktion ist, mag es noch so gut sein, es kann doch wieder schlecht darum stehen.« – »Das sollen Sie mir nicht umsonst gesagt haben!« erwiderte ich ihm. »Sie haben den Vicar of Wakefield geschmäht, und das vergesse ich Ihnen nicht.« Da drehte ich mich zornig auf dem Stuhle herum, und der Herr Woodcock verließ ebenso zornig das Zimmer. Seit jenem Augenblick sind wir geschiedene Leute. Ich sinne auf Rache. Die Pilgrims-Geschichte habe ich bereits in einen großen Bogen blaues Papier gewickelt, einen Bindfaden darum gewunden und beiseite gelegt. Ein abscheulich häßlicher Engel von Holz, den man mir auf den Kamin gesetzt hatte, ist ebenfalls entfernt; ein Kartenblatt – Pique-Dame – habe ich an den Spiegel gesteckt und meinen Tristram Shandy aufgeschlagen auf den Tisch gelegt. So ausgerüstet, will ich allen fernern Bekehrungsversuchen widerstehen; denn darin, daß ich diesen widerstehe, soll eben meine Rache ihren Anfang nehmen. Was es für ein Ende haben wird, kann ich nicht sagen, jedenfalls wird es aber eine allgemeine Hausrevolution nach sich ziehen. Schon zeigen sich drohende Symptome: Fanny ist seit drei Tagen nicht mehr in meinem Zimmer erschienen, gestern präsentierte mir die Frau Schnepfe den Tee mit abgewandtem Gesicht, der Hausvater Woodcock lief auf der Straße an mir vorüber und tat, als wenn er mich gar nicht sähe. Der älteste Sohn rührt das Piano nicht mehr. Was aber allem die Krone aufsetzte, will ich jetzt erzählen. In dem Leben und den Meinungen des unvergleichlichen Tristram Shandy war ich bis zum Schluß des dritten Kapitels vorgerückt, da überwältigte mich die Macht der Begebenheiten, ich konnte nicht weiter. Stunden, abendelang brütete ich über den letzten Zeilen, und diese heißen folgendermaßen: »›Aber ach‹, fuhr er fort und schüttelte seinen Kopf zum zweiten Male, indem er eine Träne fortwischte, welche von seiner Wange herunterrieselte, ›ach, meines Tristrams Mißgeschick begann schon neun Monate vor seiner Geburt!‹ – Meine Mutter, welche in der Nähe saß, blickte auf, aber sie wußte es nicht besser als ihre backside, was mein Vater meinte, aber mein Onkel Mr. Toby Shandy, dem die Geschichte oft erzählt wurde, verstand ihn very well!«

Diese Stelle schien mir von solcher Bedeutung zu sein und von so hoch tragischer Wirkung, daß ich beschloß, ein eigenes Studium darüber zu beginnen. Um sie mir recht einzuprägen, schrieb ich also die Passage in deutscher, englischer und französischer Sprache sauber und nett an den Gipfel eines Blattes Propatria-Papiers.

Es war am letzten Tage des Monats Februar, als ich um Mitternacht meiner Schlafstube zueilte. Die Angst beflügelte meine Schritte, denn eben war mir zu meinem Schrecken eingefallen, daß ich am Nachmittag das besagte Blatt auf dem Waschtisch hatte liegenlassen. Ich trat ein. Eine dumpfe Schwüle drang mir entgegen, geisterhaft flackerte das tief heruntergebrannte Talglicht und warf irre Streifflammen in einen zerbrochenen Spiegel, aus dem mir tausend höhnische Gesichter zuzugrinsen schienen. Jetzt stand ich vor dem verhängnisvollen Tische. Still wie ein unschuldiges Lamm ruhte mein Propatria-Bogen neben der Wasserflasche. Schon stieg die Hoffnung in mir auf, niemand habe ihn bemerkt, alles sei glücklich vorübergegangen, da wirbelte die Flamme meiner Kerze höher empor und ließ mich in den Abgrund meines ganzen Unheils schauen. Ein fingerbreiter Strich mit roter Kreide durchschnitt meine Übersetzungen und Notizen von oben bis unten, und bei der Stelle, wo es in dem armen Tristram Shandy heißt: »Meine Mutter, welche in der Nähe saß, blickte auf, aber sie wußte nicht besser, als...«, da erblickte ich zu meinem Jammer die vernichtenden Donnerworte, ebenfalls in roter Kreide: »O horrible, most horrible!« O schrecklich, sehr schrecklich!

Es war kein Zweifel mehr, man hatte mein Manuskript entdeckt, man hatte es gelesen; es war aus, es war vorbei, und die üblen Folgen meiner Nachlässigkeit stiegen drohend vor meinem Geiste empor. Morgen mit der Morgenröte wird Mister Woodcock kommen, begleitet von seiner ganzen Familie. Da wird der älteste Sohn sprechen: »Vertreibt ihn, den Fremdling, denn er hat über meinen Choral gelacht.« Da wird Fanny sagen, die schöne Fanny, mit Tränen in den Augen: »Hebe dich von dannen, der du im Lande der Wölfe geboren bist!« Da wird die Frau Schnepfe ausrufen: »Entfleuch, der du ein Kartenblatt im Wappen führst!« Und da wird dieser Mister Woodcock mit großen Schritten herbeilaufen, den Zeigefinger auf meinen Propatria-Bogen legen und zum Schlusse beginnen: »Ziehe hin! Sieh, Jüngling aus Deutschland, wir glaubten dich auf einem guten Wege, wir liebten dich und führten dich in die grauen Hallen unserer Episkopal- Kirche. Wir dachten, es würde Früchte bringen, und freuten uns, als wir vernahmen, du schriebest Betrachtungen über jene Pilgrims-Geschichte. Aber du bist entlarvt, nicht pilgrimsche Betrachtungen, nein, unnütze Gedanken über eine ... hast du zu Papier gebracht. Wir sind geschieden.« Und ehe ich mich versehe, werde ich samt meiner Bagage vor der Tür stehen, und der weiße unsterbliche englische Esel wird mir den Abschiedsgruß singen. Aber dies soll nimmer geschehen. Leb wohl, du Brite, der du wie Tausende deinesgleichen noch in den lächerlichsten Vorurteilen steckst, der du mitten im Lande deiner Freiheit noch so unduldsam bist!

Und als ich das im Zorne gesprochen, zog ich meinen Koffer unter dem Bett hervor, nahm meinen Mantelsack, nahm Kleider und Wäsche, packte alles miteinander ein, legte Bücher und Pfeifen darüber, trank den Rest aus einer Flasche Porter, welche unten im Hause stand, näherte mich noch einmal Fannys Zimmer. »Schlaf wohl, liebes Mädchen«, rief ich hinein, »träume von den deutschen Wölfen!«, stellte dann das Talglicht an die hölzerne Engelstatue, so daß der Rauch gerade die Nasenspitze schwärzen konnte, nahm dann meinen Koffer auf den Nacken, den Mantelsack unter den einen Arm, den Tristram unter den andern, ließ die Miete für den laufenden Monat auf dem Tische zurück, öffnete leise die Tür: »Ade, Frau Schnepfe!« und wandelte die stille Straße hinunter. An der nächsten Ecke empfing mich mein teurer Freund aus Deutschland, der Mond, den ich mit lautem Jubel begrüßte und der sich sofort bereit erklärte, mich auf meiner fernern Wanderschaft zu begleiten.

Ein Jahrmarkt in Yorkshire

Der Jahrmarkt mit seinen Pfeffernüssen, wilden Tieren, Kunstreitern, Landmädchen und Taschendieben – ich sage: der Jahrmarkt einer Landstadt in Yorkshire – wurde dieses Mal schon acht Tage vor dem eigentlichen Beginn durch eine große Anzahl fremdartiger Menschenkinder angekündigt, welche in sonderbaren Gewändern und hohen Reitstiefeln vom Morgen bis zum Abend an den staunenden Gassenbuben vorüberzogen. Das ist aber gerade wie bei uns: die Kunstreiter haben dieselben dünnen Beine und die Landmädchen dieselben roten Backen und die Taschendiebe dieselbe Sehnsucht nach den Urtiefen deiner gestreiften Manchesterhose. Davon schweigen wir also. Wir wollen uns dagegen nach dem wahrhaft Charakteristischen umsehen, das aus dem tollen Gewühl eines englischen Jahrmarkts emporsteigt.

Der Morgen des ersten Tages verstreicht gewöhnlich sehr ruhig, nur die Roßhändler betrügen sich untereinander und stoßen gelinde Flüche aus. Um Mittag nimmt aber die Menschenmenge in den Straßen schon zu, denn die Fabrikherren haben ihre Arbeiter losgelassen, von denen jeder jetzt seinen Schatz am Arme hinausführt. Nachmittags um vier Uhr sind Plätze und Gassen gedrängt voll, und dann beginnt das Geheul der Marktschreier, die von hohen Gerüsten herab ihre Waren anpreisen und durch die sonderbarsten Sprünge und Grimassen den Schwarm der Käufer und Gaffer herbeizulocken suchen. Es gibt nichts Komischeres als diese Marktschreier. Bis zur Raserei steigert sich ihr Geschäftseifer, es scheint, als ob sich ein Kampf auf Leben und Tod zwischen den verschiedenen Konkurrenten entwickle. Die ruhigen, kalten Engländer kennt man nicht wieder, man glaubt betrunkene Italiener oder Franzosen zu sehen, welche sich untereinander erdolchen wollen; ihre Köpfe glühen, ihre Knie schlottern, der Schachergeist zittert ihnen durch alle Adern, und mit weit aufgerissenem Munde lauscht ihnen die sprachlose Bevölkerung. Ich sah einen Messer- und Löffelfabrikanten aus Sheffield, der schon dreimal von seinem Nachbar besiegt worden war; denn dreimal war man schon von ihm zu jenem gegangen, um ein Dutzend Löffel zu kaufen. Dies war zuviel. Der Mann verstummte plötzlich, er wurde leichenblaß, er sank vernichtet zusammen. Nach einigen Augenblicken aber richtete er sich feierlich wieder empor, und mit einer Miene, wie sie jener große Kaufmann angenommen haben muß, »der, ungerührt von des Rialto Gold, seine Perle dem reichen Meere wiedergab, zu stolz, sie unter ihrem Werte loszuschlagen«, mit einer gewiß nicht weniger ausdrucksvollen Miene ergriff jener Fabrikant ein Dutzend Löffel und streute diese weit umher, auf die Köpfe der Zuschauer, indem er pathetisch ausrief: »Seht, Leute, das schenke ich euch; ich kann doch mehr leisten als mein Nachbar. Nun versucht die Ware, und dann kauft!« Dieser großmütigen Wendung hatte sich niemand versehen; das Volk interessierte sich jetzt für den Fabrikanten, und er hatte gesiegt!

Eine noch größere Menschenmenge als die Marktschreier sammeln die Buden der Reiter und Springer um sich. Alles überflügelt aber das lustige Marionettenspiel des rotnasigen Punch. (Punch ist dasselbe, was das berühmte kölnische »Henneschen« ist, nur mit dem Unterschiede, daß Henneschen zehnmal geistreicher ist als sein Bruder jenseits des Kanals.) Dieser, der in einem Kasten durch die Straßen geführt wird und seinen meisten Witz dem Londoner Zeitungsblatt »Punch« vermacht zu haben scheint, begnügt sich größtenteils damit, seinen Hund zu küssen, seine Frau und die Polzei zu prügeln. Dies ist sehr unzart vom Punch; das kölnische Henneschen erlaubt sich dergleichen nur im höchsten Notfalle. Das englische Volk ist aber geduldig und sieht seinem alten Lieblinge bei solchen Ausschweifungen gern durch die Finger. Strenger geht es zu Werke, wenn zwei Boxer sich mit derben Püffen zu Leibe gehen. Es hieß, der junge Sambo von London, ein Mulatte, der sich verbindlich machte, jeden Mann in der Welt niederzurennen, halte sich in dem nächsten Zelte auf, und da er sich auf seiner Durchreise gern einige Bewegung machen wolle, so fordere er das ganze Königreich zum Zweikampf heraus. Natürlich eilten wir, die Geschichte anzusehen. Das Zelt war schon ganz voller Menschen, die alle Seiten einnahmen und nur in der Mitte einen freien Raum ließen. Sambo wollte noch nicht erscheinen, und die liebe Jugend machte sich daher den Spaß, zu einem kleinen Vorspiel einander die Nasen blutig zu schlagen. Knaben von zehn Jahren, kaum drei Fuß hoch, rannten mit geballten Fäusten zusammen, und als wäre es ihnen eingeboren, brachten sie sich die regelrechtesten Stoße bei. Die Väter waren entzückt darüber, hetzten die Kinder noch mehr aufeinander, und nicht selten geschah es, daß ein jugendliches Paar im schrecklichsten Gefecht zu Boden stürzte und fallend sich noch die Gesichter zerbleute.

Endlich nahte der gefürchtete Sambo. Augenblicklich war die Arena frei. Es wurde totenstill, und auf allen Gesichtern lag der tiefste Ernst. Der Mulatte trat in die Mitte des Kampfplatzes. Es war ein schöner Mann; seine Brust war nicht sehr breit, aber herrlich gewölbt, die Arme kurz und kräftig; die gelbbraune Farbe, das schwarze wollige Haar und die kleinen blitzenden Augen machten ihn anziehend. Sambo schaute sich nach seinem Gegner um; dieser trat bald herein: es war ein Bäckergeselle aus Bristol, ein Bursche altenglischer Rasse mit hellblonden Haaren, frischroten Wangen, kolossal breiten Schultern und zwei ungeheuren Fäusten. Die beiden Boxer schüttelten sich brüderlich die Hände und nahmen ihre Stellung ein: den einen Fuß vor, den andern zurück, die geballten Fäuste vor dem Gesicht emporgehalten. Jeder suchte jetzt seinen Gegner durch irgendeine Bewegung zu dem ersten Stoße zu veranlassen. Keiner wollte indes beginnen, und verbeugend und zurückweichend drehten sie sich lange im Kreise umher. Da schallte plötzlich eine donnernde Ohrfeige durch den ganzen Raum, niemand wußte aber, woher sie kam, und nur an der wankenden Bewegung des Briten bemerkte man, daß Sambo mit Blitzesschnelle einen Streich ausgeführt hatte. Dies war das Signal zu allem Weitern. Bald machte der Bäckergeselle von seinen Gliedern Gebrauch; zwar stärker als der Mulatte, war dieser ihm doch an Gewandtheit überlegen, und hätte nicht sein Kopf fest wie auf dem Rumpf eines Riesen gesessen, so hätte Sambo gewiß gleich im Anfange gesiegt; denn genau wußte dieser stets die Kinnlade des Bäckers von unten auf in der unsanftesten Weise zu berühren. Der Brite litt entsetzlich, aber keine, keine Miene verzog er, und nur wenn sein »Bündel von Fünf« – wie die Engländer sagen –, seine Faust mit fünf Fingern, ebenfalls den Gegner erreichte, dann schüttelte er jedesmal die blonden Haare frohlockend aus dem Gesichte. Dies ernste und sehr gefühlvolle Spiel währte eine geraume Zeit. Sooft ein kräftiger Stoß fiel, brach die Versammlung in lauten Jubel aus, wogegen sie bei jedem mißglückten ihren aufrichtigen Schmerz zu erkennen gab. Endlich schienen beide der Sache durch eine kühne Wendung ein Ende machen zu wollen: der Bäcker ballte die Faust, als wolle er alle

Kraft in einen Stoß zusammendrängen, der Mulatte, mit wild blitzenden Augen, wand sich wie eine Schlange und suchte den Gegner bald von oben, bald von unten zu erreichen. Jetzt machte er einen Satz vorwärts, und zusammenprallten sie, Stoß folgte auf Stoß, Schlag auf Schlag, und als stritte der alte Mohikaner mit dem Renard subtil, sah man bald nur eine dunkle Masse, die, von Staub umflogen, sich in tollen Sprüngen über den Kampfplatz bewegte. Die Gesichter aller Anwesenden drückten die peinlichste Angst aus, alles war still, man hörte nur den dumpfen Ton der Schläge, die von der Brust der Kämpfenden widertönten – doch da geschah plötzlich der letzte, und Sambo, der Mulatte, stürzte rücklings in den Sand. Der Bäckergeselle aus Bristol hatte gesiegt. – Glorreicher Bäcker, der du einen Mulatten besiegt, du warst zu beneiden! Dir tönte der Jubel von dreißig Squires, von hundert Yorkshire -Männern. – Sambo aber schüttelte den Staub aus seinem Haare, fluchte und verschwand.

Derweilen trieb sich draußen auf den Gassen der Schwarm der Landleute und der Arbeiter umher; erstere rot von Wangen, stattlich und wohlgenährt, die Fabrikarbeiter bleich, schmutzig und zerlumpt; alle aber froh, denn hier und dort gab eine edle Schauspielertruppe Vorstellungen unter freiem Himmel, vor den Buden, denen jeder unentgeltlich zusehen konnte; auch wurden die schönsten Orangen so billig feilgeboten, daß die meisten Jungen recht tapfer in die goldgelben Früchte hineinbeißen durften. Als wir noch dem bunten Treiben zuschauten, bewegte sich eine große Prozession geputzter Menschen heran, es waren die Teetotaller, Leute, die allen geistigen Getränken feierlich entsagt haben und den Tee verehren. Damit heute, wo es genug Veranlassung zur Übertretung des Gelübdes gab, jedes Glied der Gesellschaft davor bewahrt bliebe, hatte man eine Meile vor der Stadt eine stille Teetrinkerei veranstaltet. Wir schlossen uns dem Zuge an und gelangten bald in den Park eines Aristokraten, welchen man zu diesem Fest hergegeben hatte. Es war eine schöne Besitzung: herrliche Wiesen und bewaldete Hügel wechselten in sehr malerischen Gruppierungen; auch fehlten die Damhirsche nicht und die Herden der schönsten Pferde und Schafe. Nur die Wipfel der Bäume waren verlassen von ihren alten Bewohnern, von den Raben, und das schien mir sehr merkwürdig. Die Raben nämlich halten sich in England stets neben den Aristokraten auf. Nie sah ich die Villa eines Reichen, oder sie war umringt von einem dichten Schwarm jener krächzenden Geschöpfe. Die Leute sagen gewöhnlich, das käme daher, weil die alten vornehmen Familien große Bäume in ihren Gärten hätten, und in diesen liebten die Raben zu nisten. Sie mögen recht haben; genug aber, an jenem Tage hatten die Raben ihre alten Wohnungen verlassen, denn statt der Aristokratie mit vornehmen Hahnennasen und parfümierten Fingern bewegte sich das Volk über die grünen Rasenplätze. Das Volk, ach, und ein herrliches, liebes Volk! Kräftige Yorkshire-Mädel in bunten Kleidern, in lackierten Schuhen und mit kleinen Strohhüten auf den Köpfen, junge Arbeiter, recht arme Teufel, welche sich an einem solchen Tage für das ganze übrige Jahr freuen müssen und denen daher der Spaß durch alle Glieder zuckt, alte Frauen, welche in dem Genusse schwelgten, noch einmal zur Sommerzeit das verschossene seidene Kleid an die frische Luft führen zu dürfen, und endlich die gesetzten Männer, welche sich am Samstagabend stets für vier Pence eine Zeitung kaufen, dann am Sonntag Politik treiben und sich die ganze Woche lang über das Gelesene unterhalten.

Dies waren die Leute, welche eine Anhöhe hinaufwandelten, auf der ein gewaltiges Zelt im Winde flatterte. »Und sie erhoben die Hände zum lecker bereiteten Mahle!« Das heißt, die achthundert Menschen, alt und jung, schleppten ungeheure Teekessel herbei und schütteten das dampfende Getränk in die blaugeblümten Tassen. China gab ihnen den Tee und der Himmel das Teewasser, denn es regnete abscheulich. Der Tee wurde also etwas dünn. Aber das machte nichts. Lustig sah man die jugendlichen Kinnladen in die Rosinenbrote einhauen, weithin kreisten die Kannen, die Waldhornisten entsäuselten ihren Hymnus, und wäre ich nicht ein sehr verstockter Mensch und wäre nicht mein Großvater ein Weinwirt gewesen, wer weiß, ob ich nicht beim Anblick dieser achthundert fröhlichen Gesichter, von denen vierhundert herrlich rot und frisch waren, ebenfalls auf einen teetrinkerischen Gedanken gekommen wäre! Aber nein; ich dachte an dich, du weingesegnete Heimat; an dich, du alte Märchenstadt, die du berühmt bist durch deinen Dom und durch deine Weintrinker; dein gedachte ich, altes lustiges Köln; und wie ich im Geist deine edlen Schoppenstecher nicken sah, da war es nicht anders möglich, als daß ich mit eiligen Schritten das

Zelt verließ und mich lachend in die Nebelwolken hineinstürzte, die eben, von der sinkenden Sonne prächtig beleuchtet, in phantastischem Zuge über die Berge hereinbrachen.

Auf dem Marktplatze hatte indes das Gewühl immer mehr zugenommen, denn viele hundert Gaslichter, welche überall aufflammten, verliehen jetzt erst dem bunten Treiben der Reiter, Springer, Krämer, Schauspieler und der geputzten Zuschauer den eigentlichen Glanz. Hier sprengte ein Mohr auf einem Isabellenschimmel umher und lud das Volk zu einer neuen Vorstellung ein, dort zeigte ein Boxer seine gewaltigen Arme, dann sprang Punch wieder in seinem Kasten empor und sang die Strophe eines Liedes, in das alle jüngeren Leute einstimmten. Bei allem verhielten sich die Engländer übrigens stets ziemlich ruhig, nur die Irländer, deren Zahl unter den Fabrikarbeitern sehr groß ist, zeichneten sich durch die tollste Lustigkeit aus; man kann sie immer von den Briten unterscheiden: lachend, singend und springend drängen sie sich hier- und dorthin mit den lebendigsten Gestikulationen, und ein Witzwort schwebt ihnen stets auf der Zunge.

Als ich neulich einen Engländer fragte, worin diese Verschiedenheit ihren Grund habe, antwortete er mir, das komme bloß durch das Essen und Trinken. Wir Engländer, meinte er, essen Beefsteak und trinken Porter dazu, und deshalb kann uns nichts auf der Welt widerstehen, aber so ein Irländer ist mit Kartoffeln und Buttermilch zufrieden. Very well, was kann also aus so einem Schuft werden? Und da drehte sich der Mann herum und langte nach seinem Glase Brandy.

Gegen zehn Uhr abends wird der Lust gewöhnlich ein Ende gemacht. Die Landleute sind schon früher abgezogen, die Arbeiter schleichen ebenfalls nach Hause, nur an den Straßenecken stehen noch Kinder, die Nüsse knacken und Orangen essen, und aus der Ferne hörst du noch ein Lied herübertönen, ein Lied zu einer Orgel; und horchst du auf und folgst dem heimziehenden Musikanten, da hörst du manchmal zu deinem Erstaunen deutsche Worte: es ist das Lied vom schönen, grünen Jungfernkranz, welches ein Schwarzwälder Junge oder ein Würzburger singt; er faßt seine Schwester an der Hand, die den Tamburin schlägt! »Wieviel haben wir heute verdient?« fragt der Junge. »Zehn Schillinge!« antwortet das Mädchen. »Aber ich wollte, wir wären erst wieder zu Hause!« – Und dann sangen sie noch einmal: »Schöner grüner, schöner grüner Jungfernkranz!«

Die Fabrikarbeiter

Ein englischer Fabrikarbeiter steht gewöhnlich um fünf Uhr morgens auf, und wenn er sich gewaschen hat, geht er in die Mill. Wenn man das Wort Mill im Wörterbuche nachschlägt, so findet man: Mill, das Hauptwort: »Mühle, Prägewerk, Hammerwerk.« Mill, das Zeitwort: »mahlen, walken, quirlen, schlagen.« Die Mill ist also ein Ort, wo man mahlt, walkt, quirlt und schlägt ... Doch ad rem! Ein Fabrikarbeiter geht also morgens um fünf oder sechs Uhr in die Mill, um acht Uhr hat er sein Frühstück, um zwölf sein Diner, um fünf nachmittags seinen Tee, und wenn zwölf Stunden herum sind, da geht er nach Hause. Das klingt ja ganz herrlich: Frühstück, Diner, Tee! Allerlei liebliche Gedanken steigen bei diesen Worten auf, und man muß gestehen, was Essen, Trinken und Kleidung angeht, hat es der englische Arbeiter so ziemlich gut. Sein Lohn sichert ihm Fleisch, Weißbrot und Bier. Nahrungssorgen machen ihn also nicht unglücklich, solange der Handel nur eben im Gange bleibt, solange er nur Beschäftigung hat. Aber wodurch besteht denn sein eigentliches Elend ? Weiß Gott, nur durch die verhängnisvollen zwölf Stunden, die ihm zwar den Lebensunterhalt garantieren, die ihn aber schon nach mehreren Jahren trotz Fleisch, Weißbrot und Bier sehr häufig körperlich siech machen und ihn geistig so hinunterdrücken, daß er bald nur einer Pflanze gleicht, einem Wesen, das ohne Sinn und Verstand in den Tag hineinwuchert, bis es elendiglich verwelkt. Kommt man durch einen englischen Fabrikort, da sieht man gewöhnlich eine große Anzahl Kinder mit prächtig roten schmutzigen Backen auf der Gasse liegen, und unwillkürlich muß man ausrufen: Wahrhaftig, ein jeder dieser Jungen ist eine Million wert. Glückliches England, du hast so viele gesunde Kinder! Sind sie herangewachsen, leihen sie dir ihre Arme, steuern sie für dich durch unendliche Meere, erschließen sie dir die Blüten ihres Geistes. Welch neuer Glanz wird von dir über alle Welt ausgehen! Noch nach Jahrhunderten werden sich die Völker vor dir beugen und ... Aber, um Vergebung, fällt mir die Erfahrung ins Wort, der Junge mit roten Backen, der jetzt vor Ihnen liegt, ist wahrscheinlich zehn Jahre alt, noch ist er frisch und gesund, er kann noch lachen, er kann noch singen – ein seltenes Ding in England –, aber morgen geht er zum erstenmal in die Mill, und zwölf lange Stunden rasseln ihm nun fortan täglich viele Hunderte von Maschinenrädern mit schrecklich einförmigem Getöse um die armen Ohren, zwölf lange Stunden muß er dem einförmigen Gange der Maschinen folgen, er hört nichts anderes, er sieht nichts anderes; nach einem Jahr singt er sein letztes Lied, noch ein Jahr, und das letzte Rot schwindet von den Wangen, wieder ein Jahr, da säuft er schon, und dann wird er bald stumm, entsetzlich still, sein Gesicht bekommt einen toten, bleiernen Ausdruck, und hin schleicht er, gleichgültig und einförmig, weniger einem Menschen ähnlich als der Maschine, an der er die Zeit der Jugend verbrachte. Rot und schön gab die englische Mutter ihren Sohn dahin, bleich und ernst kehrt er zurück. Seit den frühesten Jahren ist nie die Freude in sein Herz eingekehrt, nie hat ein Lehrer die Hand sanft auf seine Schultern gelegt und durch Unterricht die Kräfte seiner Seele geweckt, und mit fast zwei Dritteln der Bevölkerung in den Fabrikdistrikten teilt er das Schicksal der gräßlichsten Unwissenheit: er kann weder lesen noch schreiben, weder sprechen noch denken, bisweilen flucht er, und wurde er auch stark und groß wie ein Riese, da inwendig in dem breiten Schädel blieb es trübe, dunkel und still, da ist die Sonne längst untergegangen. Das ist die Folge zwölfstündiger Arbeit in den Fabriken, der schon die Kinder im zartesten Alter unterworfen werden. Es ist in England bekannt genug, und Lord Ashleys Bill, welche neulich beim Parlament für weibliche und jüngere Arbeiter der Fabriken die zehnstündige Arbeit statt der bisherigen zwölfstündigen beantragte, hat die Sache mehr als je in die Tagesdebatten hineingezogen. Leider ist diese Factory Bill in der Sitzung vom 14. Mai entschieden durchgefallen. Lord Ashleys erstem Auftreten folgte ein glänzender Triumph; da aber erklärte sich Sir Robert Peel samt den übrigen konservativen Herren so durchaus gegen eine derartige Maßregel, daß schnell achtundachtzig feine Gesellen von dem Anhang Lord Ashleys zu der ministeriellen Partei übergingen.

Nicht nur die Blätter der Opposition, nein, auch das gewaltige Tory-Blatt, die »Times«, ist voll edlen Unwillens über diese Vorfälle, und gewiß wird dem Sir Robert, der in der letzten Zeit schon ungewöhnlich harte Angriffe von ihr erdulden mußte, die Zukunft jetzt nur noch desto saurer gemacht, worüber wir uns einstweilen im stillen freuen wollen.

Wäre die Factory Bill durchgegangen, so hätte sich das Schicksal der Arbeiter sofort gebessert. Zwei Stunden weniger Arbeit, namentlich wenn man schon zehn Stunden in Tätigkeit war, ist etwas Bedeutendes: der Körper der jugendlichen Arbeiter würde durch übermäßige Anstrengung nicht mehr in der Entwicklung vergiftet werden, es wäre möglich, etwas besser für den Unterricht der armen Geschöpfe zu sorgen und so weiter.

Wie in dem Leben eines jeden Unglücklichen wenigstens hin und wieder ein froher Tag vorkommt, an dem er gleich dem Wanderer durch die Sahara an einer frischen Oase sein Herz labt und stärkt, so hat der englische Fabrikarbeiter, wenn auch keinen Tag, doch einen Abend, an welchem er einmal auflebt und es der Mühe wert hält, Hand und Gesicht zu waschen und ein sonntägliches Kleid anzuziehen. Dies ist der Samstagabend, wo der Lohn ausbezahlt wird. Um fünf Uhr nachmittags melden sich zuerst die jüngeren Knaben und Mädchen, später die älteren Arbeiter.

Ohne Gruß treten sie in das Zahlzimmer, finster und mürrisch nähern sie sich dem Tische, worauf das Geld liegt. Sie raffen es zusammen, und ohne Dank und Gruß entfernen sie sich wieder. Ich weiß nicht, ist es die gewöhnliche Dumpfheit, welche sie kein Wort sprechen, keine Miene verziehen läßt, oder ist in den armen Seelen noch ein gewisser Stolz zurückgeblieben, der ihnen verbietet, sich in diesem Augenblicke dem Herrn und Gebieter unterzuordnen. »Wir gaben dir unsere Arbeit, du gibst uns dein Geld, und der Teufel soll's dir danken!« Es scheint, als ob sie so dächten.

Kaum hat der Arbeiter sein Geld erhalten und sich zu Hause etwas besser angekleidet, so eilt er auf die Hauptstraße der Stadt zu. Dort ist schon die größte Bewegung. Überall sind die Läden mit ungewöhnlich viel Lampen erhellt, so daß man die sorgfältig und in den buntesten Schattierungen ausgelegten Waren von außen mit einem Blick übersehen kann. Auf dem Marktplatz dehnen sich lange Budenreihen; hier stehen auf hohen Gerüsten Marktschreier, dort an den Straßenecken bettelnde Mohren, Mulatten, Zigeuner: Männer vom Kap und von Kentucky. Ein Blinder, von einem Hunde geführt, singt dort sein grelles Lied. Er hat den Hut vor die Brust gebunden, und mancher Arbeiter wirft seinen Penny hinein, wogegen er ein gedrucktes Lied in Empfang nimmt: ein Negerlied, ein

Matrosenabenteuer. An den Seiten der Straße schimmern große Haufen von Orangen, Körbe mit amerikanischen Nüssen, gekochte Krebse, Muscheln und gebackene Fische, Ginger Beer und Porter daneben; kurzum, man scheint alles herbeigeholt zu haben, um die Schillinge der Arbeiter »gleich in Ware zu verwandeln«. Die Arbeiter bewegen sich langsamen Schrittes, die Hände gewöhnlich in der Tasche und den Hut vorn auf dem Kopf, in dichten Gruppen durch die Straßen, aber, was dem Fremden ungemein auffällt, sie haben auch hier, nachdem die Leiden der Woche überwunden sind, nachdem sie den Lohn in der Tasche tragen und jetzt alles aufgeboten wird, um Auge und Herz zu erfreuen – sie haben auch hier denselben furchtbaren Ernst auf den Gesichtern: vom jüngsten bis zum ältesten blicken sie mit denselben düstern Augen ringsumher auf all die Herrlichkeiten, keine Miene wird verzogen, kein Wort gesprochen, und schweigt der Gesang des Blinden, der dumpfe Ton einer Orgel und der Buf der Marktschreier für einen Augenblick, da liegt über der Masse von vielen Tausenden plötzlich eine grauenhafte Ruhe, ein unheimliches Schweigen, und wehmütig muß man sich gestehen, sieht man noch gar in ein Paar früh erloschene, aber noch trüb-schöne Augen, daß diese Menschen sogar schon für die Freude verdorben sind, daß das Rasseln der Maschinen, die jahrelange einförmige Arbeit sie geistig durchaus vernichtet hat, daß nichts mehr imstande ist, sie aufzurütteln und anzuregen, nichts vielleicht als die Not, die schreckliche, eherne Not, die mit geschwungener Geißel zwischen dem Leben und dem Grabe steht ...

Ein Sonntagabend auf dem Meere

1844

> Die Sonne neigte sich zur salzgen Flut;
> Nach Irland fuhr das Schiff, die Wimpel flogen.
> Es schien die See in abendlicher Glut
> Rings wie ein wildes Rosenfeld zu wogen;
> Hoch in den Lüften nur der Möwe Sang –
> Der Flutendonner dumpf herüberdrang
> Gleich einem Festchoral zu Gottes Ehre.–
> Es war am Sonntagabend, auf dem Meere.

Die in die Ferne zogen, jung und alt,
Der schönen Heimat dachten sie, wo heute
Zu gleicher Feier hell die Orgel schallt
Und in den Dörfern tönt ein lieb Geläute.
Es schweiften ihre Seelen weit hinaus
Zu stillen Tälern, wo ums Vaterhaus
Die Buchen rauschen und die Linden wehen,
Wo Sterne über blauen Strömen stehen.

Und jedes Herz schlug rascher an die Brust;
Was sie umgab mit tausend bunten Bildern:
Das Jugendland, der Heimat Pracht und Lust,
Hört, wie sie's selbst in kurzen Zügen schildern.
Ein deutsches Wort, ein Lied darauf und keck
Ein Jubeln jetzt, weit schallt es vom Verdeck.
Es knarrt der Mast, hoch schäumen auf die Wellen,
Und frisch beginnt der erste der Gesellen:

»Ich bin vom Rhein, vom schönen Rhein,
Wo frei das Volk und freudig im Gemüte,
Wo man zufrieden mit 'nem Becher Wein,
Mit einem Kuß und einer Rosenblüte.
Am Morgen in den Dom, ins Gotteshaus;
Am Abend steckt den jungen Maienstrauß
Ein kölnisch Kind wohl in die braunen Locken,
Wenn Geigen hell zum Kirchweihtanze locken.«

Der zweite drauf: »Vom Heidelberger Schloß
Zieh ich daher, wo einst in grauen Zeiten
Der Pfalzwein in dem Riesenfasse floß
Und jetzt die bärtigen Studenten schreiten.
Der Neckar blitzt durch dunkles Wiesengrün,
Die Schwalbe fliegt, die Bergstraßreben blühn;
Um morsche Bogen kreist der Falken Flügel,
Und paradiesisch dehnen sich die Hügel!«

Dem Schwaben ward die treue Brust so weit,
Das treue Herz so wacker und so bieder:

»Ein Märchen bist du heut wie alle Zeit,
Dich grüß ich, Schwaben, Vaterland der Lieder!
Ha, wie es tönt von Frauen hold und zart!
Wild schwang sein Schwert der alte Rausche-
bart;
Herr Uhland ist zwar nicht dabeigewesen,
Doch ist es schön, in seinem Buch zu lesen.«

»Auch meine Heimat ist mir lieb und wert.«
Ein andrer sprach's, vom Teutoburger Walde.
»Dort ruht im Sand manch rostig Römerschwert,
Und Edelhirsche wandeln an der Halde.
Im Norden braust die Weser, und im Süd
Der Weizen auf Westfalens Feldern blüht.
Dort spornte Herzog Wittekind den starken,
Den Sennerhengst einst durch des Landes Mar-
ken.«

»Doch Schönres nicht«, so stimmten alle an,
»Als wenn der Rhein an Wäldern und an Auen,
Hoch auf dem Dampfer wie auf ries'gem
Schwan
Vorüberträgt die blonden deutschen Frauen!
Am Ufer rings die Berge wild und kühn.
Die Reben nicken, und die Rosen glühn!
Im Fluge hält der Sonnengott die Pferde,
Und neidisch blickt er auf die deutsche Erde!«

Da sprach der letzte noch: »Wohl rauscht da-
heim
Die alte Freude bei Gelag und Festen,
Wohl tönt der Becher zu des Liedes Reim,
Wohl ragt die Pracht von Kirchen und Palästen,
Wohl ist es schön, das große deutsche Land –
Nur jüngst, an schlesischer Gebirge Rand
Sah das Gefild ich blutig rot sich färben,
Sah ich den Armen weinen und verderben!«

Und stille ward es, dumpf nur klang die See,
Verdorben war die Lust den deutschen Seelen.
Und erst am Morgen schwand das tiefe Weh,
Und neuer Jubel brach aus allen Kehlen,
Denn auf den Wellen lag, smaragdengrün,
O'Connells Land, das prächtige Erin –
Erin, als ob der Hoffnung Bild es wäre!
Und lächelnd stieg das Frührot aus dem Meere.

Die Wohltaten des Herzogs von Marlborough

(1845)

Wie erfreulich auch das jetzt überall sich hervortuende Streben ist, den arbeitenden und armen Volksklassen mit Rat und Tat beizuspringen, so bedauernswert ist es andrerseits, daß auch hier nur zu oft Eitelkeit, Scharlatanerie und noch schlimmere Dinge sich einmischen und das reine Werk der Liebe durch unedle Nebenrücksichten trüben und beschmutzen, was um so mehr gegeißelt zu werden verdient, als es noch Leute genug gibt, die das ernste Streben der Sozialisten in eine Kategorie mit jener Scharlatanerie und Modesucht werfen möchten. Diese heuchlerische Wohltätigkeitsschwärmerei nach der Mode treibt leider auch schon überall ihr Wesen. Vetter Michel und sein Nachbar John Bull gebärden sich aber dabei am possierlichsten.

Vor einigen Tagen hieß es in allen englischen Zeitungen, der Herzog von Marlborough habe zweihundert Stück Rotwild, Hirsche und Rehe, in seinem Park erschießen und dieses schöne, saftige Wildbret an die armen Leute der Umgegend verteilen lassen. Diese Nachricht verbreitete Freude durch das ganze Land. Man sprach von der altenglischen Gastfreiheit, welche sich wieder geltend mache, sang das Lied von dem feinen Gentleman und erhob den Herzog bis in den Himmel. Unglaublich schien die Sache freilich noch immer, da der Herzog sich bisher nur als ein Geizhals erster Größe gezeigt hatte. Es blieb aber dabei, daß die unendliche Not der Armen das Herz des reichen Aristokraten besiegt habe. Leider wird aber in London ein kleines Volksblatt gedruckt, »Punch« geheißen – dieser Punch steckt seine Nase in jeden Dreck, und mancher weiß davon zu erzählen. Punch ist nicht zufrieden mit den Wildbret-*Gerüchten*und sendet einen *Abgeordneten*, um sich an Ort und Stelle von der Großmut des Herzogs zu überzeugen.

Da kam denn die folgende artige Geschichte zum Vorschein: »Als der Herzog von Marlborough vor wenigen Tagen in seinem Park lustwandelte und, wie Patrioten und Philanthropen zu tun pflegen, über die Lage seiner Mitmenschen, der Armen, nachdachte, da fand er sich plötzlich umringt von zirka 2000 Stück Rotwild. Sämtliche Tiere gehörten ihm. Bei anderen Gelegenheiten zeigten die Hirsche, welche den Herzog sehr wohl kannten, stets ihre Leichtfüßigkeit und entfernten sich so rasch wie möglich. Zu der Zeit, wovon wir sprechen, war dies nicht so. Die Hirsche blieben stehen und blickten auf Se. Hoheit. Die Wahrheit ist, daß sie nicht so viel Kraft mehr hatten, um ihre Beine zu bewegen. Auch rollten einigen die hellen Tränen aus den großen Augen, und hätten die Tiere sprechen können, so würden sie alle gesagt haben: Ach, lieber Herzog, wir verhungern, du gibst uns kein Heu mehr, das Futter ist rar – ach, Hunger, du bitteres Kraut!

Der Herzog verstand die wehmütigen Blicke seiner Hirsche. Er zählte die Rippen derjenigen, die ihm zunächst standen, und wurde sehr nachdenklich. Er dachte an die Lage seines Viehs, und er dachte auch an den hohen Preis des Heus. – Was soll ich tun? sprach der Herzog. Wenn ich die ganze Bande den Winter hindurch erhalte, verliere ich enorme Summen. Ein paar hundert Stück sind außerdem schon zu Schatten herabgesunken, sie werden morgen krepieren, und dann gibt es große Arbeit, sie alle unter die Erde zu schaffen. – Plötzlich kam ihm ein herrlicher Gedanke: Du rufst die Armen aus der Gegend zusammen, erklärst ihnen, Gott habe dein Herz zur Milde gestimmt, und dann machst du ihnen zweihundert Stück der abgemagerten Hirsche zum Geschenk. – Also geschah's, die Hirsche wurden mit allen Ehren erschossen, die Bauern schleiften sie heim und haben sich an den Knochen die Zähne weidlich zerbissen.«

Dies sind die Wohlfahrtsbestrebungen eines englischen Aristokraten. Wir wollen jetzt sehen, ob sie durch die Taten eines deutschen Gewerb-Vereins übertroffen werden. Der Herzog erquickt die arbeitenden Klassen durch Haut und Knochen – der Leipziger Gewerb-Verein erfrischt sie durch eine Annonce in der »Augsburger Allgemeinen Zeitung«.

In Nr. 14 der »Augsburger Zeitung« heißt es:

> Bekanntmachung In Gemäßheit des von der Versammlung deutscher Gewerbetreibender am 7. Oktober v. J. in Leipzig gefaßten Beschlusses wird hiermit ein Preis von einhundert Stück Dukaten für die beste schriftliche Lösung der Frage ausgesetzt: *Bei welchen Gewerben im deutschen Zollverban-*

de finden sich vorzugsweise Hilfsbedürftige unter den arbeitenden Klassen, und welches sind die geeigneten Mittel, ihrer Not sicher und dauernd abzuhelfen?

Preisschriften mit Angabe des Verfassers bis 31. August 1845 an J. G. Günther in Leipzig einsenden.

Der diesjährige Ausschuß für die Versammlungen deutscher Gewerbetreibender.

Also ihr deutschen Leipziger Gewerbetreibenden habt noch nötig, einem Literaten hundert Stück Dukaten zu bieten, um etwas über die Not der arbeitenden Klassen zu erfahren? Habt ihr denn nie die »Rheinische Zeitung« gelesen, wenn sie ihre Korrespondenzen aus der Eifel, von der Lahn oder der Mosel brachte? Habt ihr nie von den Armen Berlins gehört? Nichts über die Bauern in Westfalen, im Ravensbergischen, in der Senne? Sind euch die Vorfälle in Schlesien unbekannt? – Es scheint, daß ihr lange Zeit in festem Schlaf gelegen habt. Wie viele von euch, ihr Gewerbetreibenden, stolpern in ihren Fabriken, in ihren Spinnereien über bleiche, weinende, verkrüppelte Kinder, über schwindsüchtige Frauen, über ruinierte Männer. Und während ein Schrei der Entrüstung durch die ganze Welt geht, daß in solchen Etablissements die heranwachsenden Geschlechter im Keim verdorben werden, tut ihr, als wenn ihr gar nichts davon wüßtet, und seid naiv genug, euch zu erkundigen, bei welchen Gewerben im deutschen Zollvereine sich *vorzugsweise* Hilfsbedürftige finden. Gebt doch dem ersten besten Arbeiter eurer Fabriken einen *einzigen* Dukaten unter der Bedingung, euch sein Inneres aufzuschließen und einmal ganz so zu sprechen, wie es ihm ums Herz sei, und ihr werdet mehr erfahren wie von zehn Literaten, die euch für hundert Stück Dukaten ihre Meinung sagen sollen. Auf diese Weise spart ihr neunundneunzig Stück – die Sache ist so viel billiger.

Ihr nennt euch »eine Versammlung deutscher Gewerbetreibender«; da ist es doch möglich, daß einige Fabrikanten aus Schlesien oder aus Rheinpreußen in eurer Mitte sind. Vielleicht sind sogar Fabrikherren unter euch, in deren Säle die Kinder genötigt sind, bei dem Anmachen der Fäden stets gebückt zu stehen – eine notwendige Folge der zu niedrig liegenden Maschinen –, so daß die Kinder in Zeit von einem Jahre krumme Beine und krumme Rücken kriegen.

Die Gewerbetreibenden in Leipzig machen es nicht wie die Herren von Köln, welche zusammenkommen und sagen: »Die Not ist da, hier sind wir und helfen!« Nein, sie wollen wissen, wo es denn eigentlich am *schauderhaftesten* hergeht; sie müssen erst Krüppel und Leichen sehen, ehe sie mit ihrer Hilfe Ernst machen; sie sind nicht damit zufrieden, daß es wirklich Not gibt – sie wollen auch das Blut und die Fetzen beriechen. Als ob es nicht im Grunde einerlei wäre, daß hier ein Winzer am Verhungern ist, dort die Kinder der Fabriken malträtiert werden, daß hier ein Handwerker in dumpfigen Kellergeschossen zugrunde geht, dort ein Weber in seinem Stuhl verkrüppelt. Als ob sich ein so genauer Unterschied zwischen den Leiden der arbeitenden Klassen machen ließe! Die Not der arbeitenden Klassen liegt gerade euch am allernächsten, und wie dieser Not abzuhelfen ist und wie man der entstehenden vorbeugen kann, das ist auch bereits ausgesprochen und wird es noch täglich ohne hundert Dukaten. Wäre die Bekanntmachung der Gewerbetreibenden auch in der reinsten Absicht geschehen, so wäre sie mindestens – zwecklos. Der Redensarten ist man so ziemlich satt – die haben noch keinen auf die Beine gebracht; und wenn ihr Gewerbetreibenden die Arbeiter durch Traktätchen und Bibelsprüche zu mästen und zu trösten hofft, so werden sie wahrscheinlich bei dem Spruch des alten zornigen Jesaias stehenbleiben: »Wir brummen alle wie die Bären und ächzen wie die Tauben, denn wir harren aufs Recht, so ist's nicht da, aufs Heil, so ist's ferne von uns.«

Mary

(1845)

> Von Irland kam sie mit der Flut,
> Sie kam von Tipperary,
> Sie hatte warmes, rasches Blut,
> Die junge Dirn, die Mary.
> Und als sie keck ans Ufer sprang,
> Da riefen die Matrosen:
> »Die Dirne Mary, Gott sei Dank!
> Gleicht einer wilden Rosen.«

Und als sie schritt zum Markte frank,
Sprach ein Gesell mit Grüßen:
»Die Dirne Mary, Gott sei Dank!
Geht auf zwei weißen Füßen.«
Und als sie saß zu Liverpool
Mit schwarz verwegnen Blicken,
Da wollten sich um ihren Stuhl
Die Menschen schier erdrücken.

Von Irland kam sie mit der Flut,
Sie kam von Tipperary:
»Wer kauft Orangen frisch und gut?«
So rief die Dirn, die Mary.
Und Mohr und Perser und Mulatt
Und Juden wie Getaufte –
Das ganze Volk der Handelsstadt
Es kam und kaufte, kaufte.

Da fuhr kein Schiff den Fluß hinauf,
Da schwamm auch keins zum Meere:
Saß ein verliebter Schiffsjung drauf
Und dacht: O wenn ich wäre
Erst auf dem Markt zu Liverpool,
Da sitzt von Tipperary
Mit den Orangen auf dem Stuhl
Die junge Dirn, die Mary!

Gab es wohl größre Liebe je?
Die Dirn am Mersey-Strande
Hatt' tausend Schätze auf der See
Und mehr noch auf dem Lande.
In jeder Zone, wo der Mast
Von einem Fahrzeug krachte,
Schwamm eine Seemannsseele fast,
Die an Orangen dachte.

Sie aber trotzte wild und keck,
Ob auch die Lippen brannten,
Stets an des Markts geschäftger Eck

Den bärtigen Bekannten.
O Leid um all die frischen Küß!
Sie hatte kein Erbarmen,
Sie fluchte, schrie, und ach, sie riß
Sich los aus allen Armen!

Und mit dem Geld, das sie gewann
Für saftge, goldne Früchte,
Lief hurtig sie nach Hause dann
Mit zornigem Gesichte.
Sie nahm das Geld und schloß es ein,
Und erst im Januare
Gen Irland sandte flink und fein
Das Blanke sie und Bare.

»Das ist für meines Volkes Heil!
Das schenk ich euern Kassen!
Auf! Schärft den Säbel und das Beil
Und schürt das alte Hassen!
Wild überwuchern möchte gern
Den Klee von Tipperary
Die Rose England. – Grüßt den Herrn
O'Connell von der Mary!«

Aus den »Scherzhaften Reisen«

1845

Pfeilschnell flog der Dampfer den Fluß Mersey hinunter. Ein paar Minuten lang ergötzte uns noch das bunte Treiben der Liverpooler Docks, das Singen der Matrosen, das Flattern von tausend Wimpeln und die Stadt selbst mit den greulich hohen Warenhäusern, die so voll sind von süßem Zucker, von langweiligem Tee und ambrosischem Rum, daß ich nicht begreife, weshalb ein solches Haus nicht gelegentlich den Verstand verliert, zu taumeln beginnt und weit hinaus ins Meer springt – einen Hering zu fangen! Denn ein Hering schmeckt vorzüglich, wenn man Tee mit unermeßlichem Rum genoß. Im Grunde des Herzens war ich froh, daß wir Liverpool bald im Rücken hatten. Herr Venedey hat recht, es ist eine ermüdende Stadt. Ich fand hohe Häuser, kleine Menschen und große Kaufhäuser darin; außerdem etwas Welthandel und frische Austern im Keller des Adelphi-Hotels. Gibt man diesen letzteren, nämlich den Austern, ein gutes Wort, so schlagen sie dreißig Purzelbäume in der Kehle und schreien: »Billig, sehr billig, nur acht Pence das Dutzend!« Sonst wußte ich nicht viel zu notieren. Jedenfalls sind mir aber zwei junge Hamburger unvergeßlich, die ich am Abend vorher gegen elf Uhr auf der Straße fand. Die Hamburger sind gewöhnlich nicht dumm, und diesen Vorzug hatten auch die beiden braven Leute, welche mich damals in gebrechlichem Englisch anredeten und mir treuherzig mitteilten, sie hätten sich fest vorgenommen, unter allen Umständen, à tout prix, sich den Rest der Nacht ganz ungeheuer gut zu amüsieren, und ich, als Eingeborener, sollte ihnen dabei behilflich sein. Natürlich eröffnete ich ihnen zuerst, daß ich nicht die Ehre hätte, ein Eingeborener zu sein, sondern weit hinten in dem Lande der Faiaken zu Hause wäre, und daß ich zweitens, bei ja oder nein, der ihrige sein wolle, Abenteuer aufzusuchen, zu finden und zu bestehen. Wir machten daraufhin gemeinschaftliche Sache, jagten lange vergebens unserem Glücke nach und wären vielleicht ruhmlos in die Heimat zurückgekehrt, hätte sich nicht die – Polizei unser angenommen ...

Unser Schiff schwankte mit knarrenden Masten in die Irische See. Wo blieb meine schöne deutsche Tochter? Marie war eine Deutsche, zum Besuch bei einer englischen Familie aus Manchester, mit der sie eine Reise nach Wales machte. »Holde Männin, teure Landsmännin, was fällt Ihnen ein?«, sogar der graue Kapitän wurde von schauerlichem Entzücken erfaßt, denn die verwegene Schöne hatte eben ihre verzweifelt kleinen Füße auf das purpurne Kissen einer Schiffsbank gesetzt und bog sich weit über den Rand des Verdecks hinaus. »Liebes Kind, Sie fahren nicht auf unserm gemütlichen Rheine, zwischen Bonn und Bingen, wo sich gleich tausend Poeten in die Wellen stürzen würden, wenn Ihnen etwas Menschliches begegnete. Sehen Sie die Irische See, wie sie tobt, wie sie schäumt! Jene Felsen sind das Grab mancher stolzen Fregatte – und Sie achtzehnjährige Blume ... ?« Keine Antwort. Ihre braunen Augen schweiften sehnsüchtig über die tanzenden Wogen, und der Morgenwind, wie galant machte er sich auf und riß den grünen Schleier von ihrem weißen Angesicht. »Halt an, du Geselle!« Er riß das seidene Tuch von ihrem Nacken und die Locken von ihrer Stirn; und wie die rote Korallenkette an ihrem Halse zu rasseln begann und wie die Falten des langen Gewandes immer toller um die leichte Gestalt wogten und wie sie weit schöner war auf der donnernden See als einst auf den heimischen Bergen, da wollte es auch dem alten Ozean nicht länger auf kaltem Grunde behagen: er hob sich murmelnd über die Planken des Fahrzeugs empor und küßte den Saum ihres Kleides, der alte Kerl!

»Ich bin des Spaßes müde, deutsche Donna! Schämen Sie sich gütigst. Lassen Sie sich doch nicht von diesem irländischen Ozean verführen! Seien Sie patriotischer! Und jetzt steigen Sie von der Bank herunter ...« Maria sah mich mit ihren liebenswürdigen Augen so sträflich an. »Ach, ich vergaß ganz, Sie meinen Reisegefährten vorzustellen!« rief sie. »Sehen Sie, hier, Sir John und Miß Clara!«

Ein kleiner Mann und eine große Dame standen vor mir. Sir John aus Manchester – ein Baumwollen-Lord, wie man gewöhnlich die Leute nennt, welche durch den Handel mit Baumwolle oder durch Verarbeitung derselben zu unanständigen Reichtümern gelangten – küßte vor dreißig Jahren zuerst das Töchterchen Clara auf die beiden Lippen. Er war damals ein schlichter Mann, vierschrötig und steif wie fast alle Lancashire-Leute, und Clara war nicht höher, versteht sich, als eine Wachskerze damals.

Als aber aus dem trüben Manchester immer mehr Fabriken aufstiegen, immer schlankere Kamine emporwuchsen, immer mehr Mühlen und Maschinen in den Tag hinein rasselten, als die Arbeiter stets bleicher und stiller wurden und die Herren stets lustiger auf die Börse stolzierten: da war auch aus dem gewöhnlichen steifen Lancashire-Mann ein reicher geschliffener Gentleman und aus dem wachskerzenhohen Töchterlein eine fast sechs Fuß lange Miß geworden, die ihre großen Füße so stämmig auf den Boden setzte wie ein Dragoner, trotzdem daß der Tanzmeister ihr ein über das andere Mal geraten, leicht zu wandeln wie eine Elfe und melodisch wie eine Göttin...

»Sehen Sie, teurer Herr!« sagte der komfortable Cotton-Lord zu mir, »mit den Matrosen ist es gerade wie mit den Fabrikarbeitern. Das sind auch niedrige Menschen. Ich versichere Ihnen, ein solcher Arbeiter denkt nie an den folgenden Tag, und daher kommt es auch, daß er so oft unglücklich wird. Gebe ich einem Arbeiter dreißig Schilling die Woche, da erübrigt er keinen Pfennig – gebe ich ihm fünfzehn Schilling, da wird er auch fertig, nur mit dem Unterschied, daß er bei dreißig Schilling zehnmal betrunken war und bei fünfzehn Schilling nur fünfmal. Nichts aber wirkt verderblicher auf Geist und Körper als Trunkenheit!

Ergo: Man gebe den Arbeitern geringen Lohn, da sorgt man am besten für sie, man gebe ihnen fünfzehn Schilling statt dreißig – da haben sie genug, um zu leben, und zu wenig, um ausschweifen zu können. Der hohe Lohn in England, das ist der Grund der schrecklichen Demoralisation der arbeitenden Klassen! Seien Sie versichert, teurer Herr, ich verstehe mich auf diese Sachen. Seit dreißig Jahren halte ich mich an diese Prinzipien.« – »Und sind ein reicher Mann dabei geworden!« – »Nun ja, man sagt so, aber...«

Von der See aus gesehen, nehmen sich die Berge von Nord-Wales nur wie mäßige Hügel aus. Mehrere Male war es mir, als führen wir auf dem Rheine, von Andernach hinunter, und die Höhen des Siebengebirges stiegen aus der Flut empor. Die vordere Kette der Berge in Wales hat auch wirklich viele Ähnlichkeit mit den rheinischen Gebirgsformen. Alles nahm aber eine andere Gestalt an, sowie wir das Land selbst durcheilten: da gab es keine sanften Täler, voll von blühenden Obstbäumen wie die zu Honnef und Heisterbach – nur rechts und links finstere Schluchten mit einem See in der Tiefe und emporsteigend immer gewaltigere Massen, kahl, dunkel und unheimlich, die sich hin und wieder schroff zerteilen, um stets neue phantastische Felsenbogen erscheinen zu lassen. Kein Baum, kein Strauch schmückt bald die Gegend mehr, nur silberhelle Bäche springen hell aus den Steinen, rieseln erst einzeln und brausen dann, vereinigt in prächtigen Kaskaden, der Tiefe entgegen. Diese Bäche sind eine sehr nützliche Erfindung, denn Mensch und Tier, welche die Berge hinankeuchen, können sich alle zehn Minuten einmal erfrischen; auch wir benutzten sie häufig, indem wir das klare, eiskalte Wasser mit Brandy und Zitronensaft vermischten und auf diese Weise den erfreulichsten Grog américain bereiteten. An jedem Quell machten wir halt und beschauten, was ringsumher von neuen Landschaften sichtbar wurde. Zuerst das Dorf Llauberis mit dem See, dann auf mehreren Hügeln die Trümmer zerstörter Kastelle, die Menai-Straße dann und die Insel Anglesea, welche bald in ihrem ganzen Umfange vor uns lag. Die Aussicht nach der offenen See versperrte uns noch ein kolossaler Bergrücken.

Während unsere Pferde munter vorwärts kletterten, zog von der anderen Seite plötzlich ein sehr beunruhigender Nebel aus den Schluchten empor, die Gipfel waren bald schwarz verhängt, die Gegend unten zwar noch sichtbar, oben aber totale Finsternis. Wir hatten dies nicht zu bereuen, denn wie der junge Held im Titan sich selbst die Binde vor die Augen band, um sie erst auf dem höchsten Punkte der Inseln im Lago Maggiore zu zerreißen und die Alpen und die Seen mit einem Male zu überschauen, so wand uns die Natur ihre Wolkenschleier um die Köpfe, damit wir nun von dem Gipfel des ehrwürdigen Snowdon plötzlich das Wundervollste erblicken möchten. Das war wieder sehr liebenswürdig von der Natur! – Der Snowdon ist der höchste Punkt der Gebirge in Wales. Wir erreichten ihn, ohne es zu wissen, und wunderten uns, als wir mit einem Male vor dem kleinen hölzernen Hause des bekannten William Williams standen. Dieser gute Mann hielt es für seine Bestimmung, auf dem erhabensten Orte Großbritanniens, der, nebenbei gesagt, nur etwa zehn Fuß breit und fünfzehn Fuß lang ist, jahraus jahrein den vorzüglichsten Kaffee zu brauen. William war früher ein Gärtner und sehr glücklich unter seinen Rosen und Veilchen. Eine zornige Ehefrau verbitterte ihm aber das Leben. Da hing er eines Morgens ein Schaffell um die lieben Glieder, stieg den Berg hinan, zimmerte aus Tannenbrettern eine Hütte und weilte nun dort, bibellesend, kaffeekochend und schlafend, ein einsamer Mann, der höchste Mann Englands. Er empfing uns mit offenen Armen...

In Williams Hütte fing es aber an zu stinken – das Fegefeuer auf dem Herde brannte zu arg –, der Kaffeekessel kochte über, es wurde mir ganz teekesselig zumute, mir armem Teufel. »Goddam!« klang es draußen vor der Tür. Es war unser Führer, der aus Herzensgrunde so rief. Der Mann hatte recht, daß er so freundlich andächtig fluchte, denn eben blies der Wind von Irland herüber – noch zwei, drei Stöße – und zusammenstürzten die verräterischen Wolkenmassen. In wildem Strudel wälzte sich der Nebel vom Haupte des Gebirges, und in den Schluchten, wo kein Entrinnen war, zerstob er an den Zacken der Felsen, und höhnisch pfiff der Sturm hinter ihm her und pfiff so lange, bis aus dem Pfeifen ein Heulen und Donnern wurde und die ganze Natur aufzuschreien schien in einem einzigen ungeheuren, in einem zerschmetternden Goddam!

Prächtig aber wandelte die ewige Sonne durch den reinen, heiteren Himmel, und die Wogen des Meeres leuchteten in ihren Strahlen. Rechts in blauer duftiger Ferne die Spitzen der schottischen Berge, links England und Wales und vor uns die See, die unendliche See – mit dem Lande des unendlich verachteten, geknechteten Volkes. Einen Gruß dir, Irland!

Ich blieb allein mit dem Lord zurück. Der gute Mann war selig entschlafen. Er hielt die Hände über der »Times« gefaltet, sein Kopf war rückwärts auf die Lehne des großen Stuhls gesunken, und die Beine, kurz und kräftig, wie sie einem Lancashire-Mann zukommen, ruhten weit voneinander auf dem dunkelroten Teppich. Seliger Mann, glücklicher Handelslord, wie sanft ist dein Schlummer! Welch reizende Träume mögen deiner ewigen Seele jetzt vorüberschweben! Du denkst vielleicht zurück an die Tage deiner Kindheit, deiner stürmischen Jugend, wo du zuerst auf deiner Bleiche ein Stückchen Garn begossest. Die goldgelben Butterblumen nickten dir weissagend aus dem Grase entgegen. Es wurde dir ganz goldgelb vor den Augen, und kühn entwarf dein rastloser Geist die verwickeltsten Pläne. »Ich will der Industrie einen Tempel bauen!«, so klang es von deinen kirschroten Lippen. Du gingst in die nächste Taverne, trankst ein Glas Brandy mit Wasser und wurdest deiner Sache noch viel gewisser und wurdest deiner Sache so gewiß, daß, als wieder die goldgelben Butterblumen im folgenden Jahre auf deiner Wiese blühten, schon eine milchweiß angestrichene Fabrik ins Land hinausschaute und der gewaltige Schornstein, gleich einem einsamen Zeigefinger, dem Vorübergehenden zu gebieten schien: »Wanderer, wer du auch seiest, stehe still! Hier wohne ich!« Gutmütige Ochsen bewegten anfangs deine Maschinen. Aber du schlachtetest deine Ochsen und spanntest den Dampf vor die schnurrenden Räder, und die Räder schnurrten, und die Maschinen stöhnten, während deine Seele jauchzte über die stets wachsende Zahlenkolonne deines riesigen Hauptbuches. Ein wahres Weltbewußtsein bemeisterte sich deiner; mit dem Glanz deiner Stoffe schmücktest du den alten Erbfeind, den Türken – Mitleid ist eine schöne Tugend! –, und den langen Irokesen und den Buschmann, und in hundert Meetings schwärmtest du für die Befreiung der Sklaven und vergaßest schier aus Sorge für die entlegensten Völker, daß deine eigenen Arbeiter, die Gründer deines Glückes, lumpiger einhergingen als Türk, Irokese und Buschmann und geknechteter waren als die geknechteten Schwarzen. – Wie sanft ist dein Schlummer! Blankgemünzte, goldgelbe Butterblumen, freundliche Baumwollballen und zärtliche Dampfmaschinen nicken erheiternd in deine Träume hinein – o gewaltiger Lord!

Aber da erwachte der Lord und fragte mich mit schlaftrunkener, lallender Stimme: »Sagen Sie mir doch, haben Sie in Wales Geschäfte... ?«

Der Aufstand der Tiere

(1846)

Seit Freiligrath kennt man alle wilden Bestien so genau, daß es eigentlich sehr überflüssig ist, noch einen zoologischen Garten zu besuchen.

Aus dem »Löwenritt« wissen wir, wie sich der gnädige Herr König der Tierwelt auf seiner Giraffe lustig macht, aus dem »Mohrenfürst«, wie die Elefanten das Laub durchrauschen, aus dem »Wecker in der Wüste«, wie sich die Mumien in den Pyramiden emporrichten, wenn der Leu seine Bravourarien singt, aus dem Liede »Unter den Palmen«, wie sich Tiger und Leoparden um einen »Blanken« balgen und so weiter, es ist nichts vergessen. – Ach, als Freiligrath noch der Hofpoet des Königs Löwe war, da ging alles gut; aber jetzt ist er liberal geworden, und wie Heine versichert hat, ist unser Poet sogar nach London ausgewandert, weil »der Mohrenfürst« keine Konstitution geben wollte – traurig, traurig! – Aber ich glaube nicht, daß es wahr ist.

In dem Londoner Zoologischen Garten erblickt man aber die Bestien des Jahrhunderts in wohlverschlossenen Käfigen. Unruhig laufen die Tiger und Leoparden auf und ab, und in ihren Blicken kann man deutlich lesen, daß sie mit sich selbst zerfallen und mit Gott und aller Welt unzufrieden sind. Den größten Teil des Tages verbringen sie in dumpfem Trauern; es ist so einem eingeschlossenen Tiger zumute wie einem alten Studenten, der auf dem Karzer sitzen muß, während schon alle Genossen hinaus in die Ferien gezogen sind. Trübsinnig lehnt er oft an dem Gitter, das ihn von der schönen Außenwelt trennt, und blickt über die Stadtmauer hinweg auf die sonnige Landstraße, wo die guten Bürger so einträchtiglich mit ihren lieben Familien spazierengehen. Mit gleichgültigen Augen folgt er ihren Schritten. Wenn sie aber ganz in seine Nähe kommen und das helle Gelächter der guten Leute zu ihm hinaufdringt, da knirscht er doch bisweilen unwillig mit den Zähnen, und: »Ihr verdammten Philister!« raunt er in den Bart; er zieht sich von der Öffnung seines Cachots zurück und wandelt in dem Bewußtsein, daß er doch ein ganz anderer Kerl ist als alle die gewöhnlichen Alltagsmenschen dort unten, stolz und vornehm in seinem Gemache auf und ab.

Neben dem Tiger sitzt in einem zweiten Käfige der hochgeborene Leu. Er ist wie der schöne König Enzio in seinem Kerker zu Bologna – träumerisch griff der edle Hohenstaufe bisweilen in die Saiten der Harfe, und hinab auf die Schultern floß das lange goldene Haar. »0 Leid, daß ich ein König war!« seufzte er, wenn die Betteljungen singend vorüberzogen – und träumerisch faßt auch der Löwe des zoologischen Gartens zuweilen in die Eisenstäbe seines Käfigs und schüttelt die gelben Mähnen und gedenkt der Tage der Jugend.

Ganz in der Nähe hat man einer wilden Katze vier Fuß Raum zur Erheiterung angewiesen. Das arme Tier war früher eine wilde, ausgelassene Schönheit, vor der manch zärtlicher Kater anbetend niederfiel. Auf nächtlichen Bällen erlebte sie viel des Abenteuerlichen, sie lebte mit den Männern des Jahrhunderts, sie warf mit Bonmots um sich und wandelte lange Zeit: ein sehr heiteres aber fleckenloses Geschöpf. Mit den Katern des Jahrhunderts ist indessen nicht zu spaßen; unser Kätzchen ging zuletzt dennoch in die Falle, und aus war es mit aller Reputation! – Die Welt ist hart und unerbittlich. In dem einsamen Boudoir sitzt nun unsre alternde Schöne und ärgert sich darüber, wenn manch junge unschuldige Miß errötend an ihren Gardinen vorübereilt.

Nicht weit von den Zwingern der Katzen erhebt das Kamel sein Haupt, grade so dumm, wie es einst über Eliesers Schultern sah. Armes Tier, weshalb schloß man dich ein? Ist es demagogischer Umtriebe wegen – oh, so hätte man dich ruhig in deine Heimat entlassen sollen, du würdest ja doch stets ein Kamel geblieben sein.

Am traurigsten nehmen sich in den Menagerien stets die Adler aus, die armen Tiere, welche geboren wurden, um auf rauschenden Flügeln der Sonne entgegenzufliegen, und die jetzt an den Boden gefesselt sind, um in Gesellschaft von dummen Straußen, wilden Gänsen und langweiligen Störchen ihre Tage hinzubringen.

O schrecklich wird es sein, wenn die Tiere einst aus ihrem Schlummer erwachen, wenn sie ihres Elendes einst bewußt werden und in einer finsteren stürmischen Nacht plötzlich ihre Gitter durchbrechen, um gemeinsame Sache gegen die Menschen zu machen. Da wird der zoologische Garten mit einem Male von wildem

Geschrei und Geheul widertönen, da werden sich die Gassen und Plätze der Metropole mit Wölfen und Tigern füllen, da werden die Ecken und Winkel der Stadt von einem Getöse widerklingen, als nahte der Jüngste Tag.

Da wird der Leu mit seiner Tatze an die Türen der Paläste schlagen, da wird die Türe aus ihren Angeln fliegen, und der zornige Leu wird eine goldene Krone nehmen und wird sie auf sein zottiges Haupt setzen und wird brüllen: »Jetzt will ich regieren!«

Und die Tiger werden herfallen über die stolzen, unbarmherzigen Lords und werden sie aus ihren Betten zerren und mit scharfen Krallen zerreißen, und mit Haut und Fetzen werden sie sie durch die Gassen schleifen, und sie werden brüllen: »Jetzt wollen wir regieren!«

Und die Wölfe werden in die Häuser der Bankiers dringen und werden ihnen die eigenen Geldsäcke an die Köpfe werfen, bis sie ersticken in ihrem eigenen Golde, und die Wölfe werden heulen: »Jetzt wollen wir regieren!«

Und die Hyänen werden in die Kirchen und Kapellen dringen und werden die betenden Pfaffen mit ihren Zähnen ergreifen und werden sie vor den Altären schlachten wie feiste Opfer, daß sie eines elendigen Todes sterben, und die Hyänen werden jauchzen: »Jetzt regieren wir!«

Und die geschändeten und geschmähten Katzen werden über die fashionablen Kater herfallen und werden ihnen eine Katzenmusik bringen, daß ihnen alle Katzlust vergehen soll. Und die Katzen werden miauen: »Jetzt regieren wir!«

Und die dummen Kamele und die friedlichen Giraffen und die langen Störche und die wilden Gänse, sie werden in starker Gemeinschaft über die heilige Hermandad des Landes herfallen, und wie Streu vor dem Sturm wird die heilige Hermandad zerstieben, und die Kamele und die Giraffen und die Störche und die Gänse, sie werden singen: »Ein freies Leben führen wir!«

Zu derselben Stunde emanzipieren sich aber auch alle zahmen Haustiere des Landes. Da werden die englischen Renner ihre Stränge zerschlagen; da werden die Ochsen aus ihren Ställen brechen; da werden die Ratten und Mäuse aus den Kellern hervorkriechen; da

werden Flöhe und Wanzen sich nicht scheuen, einer schönen Sache
ihre schwache, aber nicht zu verachtende Kraft zu leihen.

Und alles wird drunter und drüber gehen; und hat man das Land
in Beschlag genommen, da wird man sich der Schiffe und aller Flotten bemächtigen und die Freiheit in alle Welt tragen, und der Adler,
der arme, lang geknechtete Adler, er wird dem Zuge voranschwe-
ben, er wird die Flügel schlagen und hinauf in die Sonne fliegen
und den Himmeln erzählen die fröhliche Botschaft der befreiten
Erde.

Ein Reise-Affenteuer

(See-Charivari)

(1847)

»Nimm mich auf, uralter Ozean!«, und da bezahlte ich dreißig Schilling Sterling und verfügte mich an Bord des »Glen Albyn«, eines Dampfboots von vielen Pferdekräften. – Es war in der heiligen Frühe, und die Sonne ging eben auf über England.

Lebe wohl, England! Ich kehre zurück in die billigen Gasthöfe des Kontinents, wo ich hinfort Schnepfen und Ulmer Spargel essen werde zu meinem stillen, speziellen Vergnügen! Lebe wohl!

Und da trocknete ich keine einzige Träne aus meinen schönen Augen, sondern setzte mich sehr vergnügt auf das Hinterteil des »Glen Albyn«, hinüberschauend, bis die Küste verschwunden, die liebliche Küste, auf der ich zwar viel des stärkenden Portweins, aber noch mehr der zerschmetternden Trübsal gekostet – jawohl, in drei langen Jahren, in dreimal dreihundertfünfundsechzig Tagen.

> Und weiter fuhren wir über das Wasser,
> Nur Wasser sahen wir ganz und gar.
> Die See ward immer nasser und nasser,
> Bis rings nur unendliche Nässe war.

Und ich wurde sehr ernst, und eine Stimme in meinem Innern hub plötzlich an zu sprechen und fragte mich: Nun, mein lieber Freund, was haben Sie denn eigentlich angefangen in diesen dreimal dreihundertfünfundsechzig Tagen?

Ich muß gestehen, diese Frage kam mir etwas unbescheiden und zudringlich vor, da ich aber aus Instinkt gegen jedermann verbindlich und höflich bin, so zögerte ich mit einer Antwort gar nicht lange und erwiderte mit der größten Freundlichkeit:

Süßes Gewissen, beruhige dich! Angefangen habe ich vieles, doch vollendet nur wenig, außerdem las ich im Shakespeare und im Tristram Shandy, und die Mädchen in Chester wissen das andere.

Mein Gewissen war ruhig, und wir verfügten uns zum Frühstück! Ein treffliches Frühstück! Tee und Kaffee, Beefsteak und Fische und was sonst das Meer gebärt an kleinen wohlschmeckenden Bestien, an Krebsen und Austern – ich fand es aufgetragen in reichlicher Menge, prangend in symmetrischer Ordnung und lächelnd zu süßer Verlockung. Doch, o Wunder, an den Seiten des Tisches, wo gewiß ein Dutzend Menschen Platz gehabt hätten, standen nur zwei Sessel, und in dem einen Sessel saß bereits mein roter Kapitän, und den andern schob mir der Kellner hin, ärgerlich brummend, und ach, es war kein Zweifel mehr, der Kapitän und ich, das war die ganze Gesellschaft, und ich war der einzige Passagier auf dem ganzen ungeheuren Steamer.

Traurig, o traurig! Ich hatte gehofft, wenigstens fünf oder sechs von euch zu treffen, wie ich euch oft getroffen, ihr blauäugigen Töchter und Tanten Britanniens, wenn ihr Porter und Sherry trinkt wie die Männer und wenig sprecht und euch still verklärt einander anseht, lieblich langweilig, daß man hätte einschlafen mögen in eurer Nähe und schlummern ein halbes Jahrtausend in Frieden und süßer Verzückung! – Wen soll ich jetzt unterhalten, wenn ich in der Kajüte sitze, die lange, schaukelnde Seenacht, ein einsamer Mann? Wem soll ich nun auf den kleinen Fuß treten? Wem soll ich jetzt die zarte, lilienweiße Hand fassen? Zu wem soll ich mich, ach, traulich hinüberwiegen, wenn mir das Herz voll wird, wenn meine Seele anfängt zu blühen und meine Lippen sich sehnen nach leisem Geschwätz und verrücktem Gemurmel?

Ach, ich sehe es kommen, dies wird eine traurige Nacht – in der Heimat blieben sie zurück, die mich trösten könnten –, und keine Rettung gibt es, denn nicht mehr in unsern Tagen entsteigen der Flut die erquicklichen Nymphen von ehemals, und ein dummes Gespräch werd ich führen mit dem tobenden Meergott nur, wenn ich wandeln werde im Mondschein heut nacht auf dem glatten Verdeck, keusch und unverkümmert.

»Doch essen Sie Ihr Beefsteak, mein Freund, es wird Ihnen kalt, und trinken Sie Tee, oder wollen Sie Kaffee? Und nehmen Sie Eier?«

Der Kapitän hatte recht, und ich trank Kaffee und Tee und aß Beefsteak und Eier, und meine Seele ward ruhig...

Da sprang der Kapitän auf; unser Frühstück war beendigt. Bald standen wir auf dem Verdeck. Rechts und links gingen die Schiffe an uns vorüber, und mein Freund setzte natürlich jedesmal sein Fernrohr an den Kopf, um die Fremdlinge von oben bis unten zu beschauen. »Dreihundert Tonnen!« rief er, wenn ein etwas größeres Fahrzeug dahinglitt. »Sitzt gut in den Planken... nur etwas alte Segel... aber nicht übel gebaut« und ähnliche Bemerkungen entfuhren dem alten Gesellen. – Ich dachte unwillkürlich an die Zwischenakte des Theaters am Strand. Da setzen die Heroen des Abends auch ihre Teleskope an die holden Gesichter und blicken hinauf zu den Logen. »Dreihundert Pfund Rente!« flüstert der eine dem andern zu. »Sitzt gut in den Hüften... nur schade, etwas ältlich... doch nicht übel gebaut!«,und wie der Kapitän vor einer alten Fregatte verneigen sich die Söhne Merkurs vor der blondlockigen Tochter des Brotherrn.

Es war indessen Mittag geworden, und die Sonne schien steif hinab aufs Verdeck. Es wurde mir so träumerisch, schläfrig zumute, ich legte mich auf eine Bank, und die Wellen, mit tollem Gemurmel, sangen mich bald ein in seliges Vergessen.

Das Meer, das ich wachend vor mir gehabt hatte, blieb indes auch im Traume vor meinen Blicken: ich sah fortwährend die große grüne Flut vor mir, und jede Welle, die schäumend zusammenrollte, schien mich freundlich anzunicken und mich zu grüßen. Freundliche, liebenswürdige Wellen! Allmählich wurde die Geschichte aber doch etwas langweilig, und ich freute mich gar nicht wenig, als plötzlich ein sehr hübscher und wohlgewachsener Delphin mit dem Kopf aus dem Wasser sah und mich mit seinen grünen Augen zu fragen schien, ob er vielleicht zu meiner Unterhaltung etwas beitragen könne. Ich ließ diese Gelegenheit natürlich nicht vorübergehen und winkte ihm, näher heranzukommen, was der holde Delphin auch sogleich tat und bald so nahe an der Seite des Dampfers dahinglitt, daß wir ohne große Schwierigkeit unsere Konversation beginnen konnten:

Guten Tag, Delphin! 's freut mich, daß ich dich sehe! Wie geht's? Wie sieht es im Meere aus, unten auf dem perlengestickten Grunde, was hast du Neues?

Der Delphin ließ mich nicht lange auf Antwort warten. Die Wellen hörten auf zu rauschen, und mit silberner Stimme klang es und sang es:

> Des Neuen hab ich dir viel zu erzählen,
> Viel Golfe und Buchten ich jüngst durchschwamm,
> Du kannst nur die Länder und Völker dir wählen,
> Vom grünenden Kap ja bis Amsterdam!

Der Delphin schwieg, und ich erwiderte ihm eiligst:

Lieber Delphin, du hast mich nicht verstanden; von den langweiligen Völkern und Ländern will ich nichts wissen, weder etwas vom Kap noch von Amsterdam, namentlich nichts von letzterem, was ich ja eben selbst besuchen und in Augenschein nehmen will. Vom Meere erführe ich gerne etwas, das interessiert mich! Gar zu gerne wüßt ich, ob es denn wirklich wahr ist, daß es da unten kein einziges von jenen göttlichen Wesen mehr gibt, die ich bei meinen klassischen Studien in Quarta und Tertia auf dem Gymnasium meiner Heimat einst so unbeschreiblich liebgewann. Sprich, was fangen die Tritonen an und die lieblich nackten Nereiden? Das erzähle mir!

Da ließ der Delphin mich nicht lange auf Antwort warten, die Wellen hörten auf zu rauschen, und mit silberner Stimme klang es und sang es:

> O Freund, im Meer ist's nicht wie vor Zeiten;
> Der antike Wasserpöbel verschwand!
> Wir Fische sind's, die die Wellen durchgleiten
> Mit dem offenen Maul, im schuppigen Gewand.

Der Delphin schwieg, und ich seufzte tief auf: Ach, wie sind die Zeiten so schlecht geworden. Also alles tot?

Da hub der Delphin aufs neue zu singen an, und mit silberner Stimme klang es und sang es:

> Neptun nur thront an früherer Stätte;
> Das ist der ganze göttliche Rest!

> Traurig sitzt er auf blauem Bette,
> Ewig bis auf die Haut durchnäßt!

O lieber Gott! Der arme Mann, was muß der sich ennuyieren! Allein mit seinem Schmerz! Nur von kalten Fischen umringt... Verzeih, verehrter Delphin, ich will dich nicht beleidigen, du bist auch ein Fisch – ich dachte nicht daran, daß ich mit dir sprach –, aber du weißt, es gibt Ausnahmen, und es versteht sich von selbst, daß du die edle Ausnahme bist; ich weiß: Götter und Poeten, was eigentlich dasselbe ist, die haben dich von jeher geliebt und verehrt. Drum lasse dich in deiner Erzählung auch nicht stören und fahre fort.

Und der Delphin fuhr fort, die Wellen hörten auf zu rauschen, und von Neptun klang es und sang es mit silberner Stimme:

> Er weiß, daß die Menschen ihn nicht mehr ehren;
> Die bösen Christen,die brachten ihn schon
> Vor Jahren, ach, er konnt es nicht wehren,
> Um alle Ehre und Reputation.

Ach ja, das ist leider wahr. Ich habe eigentlich auch nie daran gezweifelt, daß es so sei, denn ich erinnere mich noch sehr wohl jenes Augenblicks, als ich einst in der goldenen Frühe zu meinem alten Rektor trat und ihn im Zimmer auf und ab gehen sah, weinend und wehklagend um das untergegangene Heidentum. Er sagte mir, es sei eine wahre Schande, daß man nicht mehr an den Olympos glaube, aber den Christen solle es auch noch eimal schlimm ergehen, und dies sei sein einziger Trost. Er ging dann auf den Bleichplatz hinter das Schulhaus, zog seinen Schafpelz aus und wälzte sich einigemal, nackt wie er war, in dem grünen betauten Grase herum, kam dann wieder zu mir,versicherte, daß jetzt sein brennender Schmerz etwas gelindert sei, und ließ mich dann deklinieren... Aber lieber Delphin, verzeihe, daß ich dich unterbrach! Fahre fort!

Und vom alten Neptun begann er zu singen, und sang, daß es klang wie von silberner Stimme:

> Manchmal,wenn ihn Gedanken foltern,
> Den herabgekommnen, bankrotten Mann,

Da fängt er noch heftig an zu poltern
Und braust wie ein junger Sausewind dann.

Also doch? Ach, das freut mich! Ich habe es immer gesagt, die Götter konservieren sich lange, und namentlich der Neptun! Er war gewiß ein ein Mann von gutem Schrot und Korn.

Voll Ärger umtobt er die Felsenriffe
Und hüllt in Wolken der Sonne Schein;
Zerbricht ein halb Dutzend Linienschiffe
Und schläft wieder mürrisch und brummend ein.

Nun, damit schadet er den Menschen auch nicht gar zu viel; diese Reise hat nie großen Erfolg – ein paar Linienschiffe mehr oder weniger, darauf kommt es nicht an, und es ist ja alles versichert, verassekuriert bei Lloyd's in London –, schadet wenig. Aber macht er sich sonst nicht noch zuweilen ein stilles Vergnügen?

Da hob der Delphin zum letzten Male sein weißes Haupt aus dem Schaum der Fluten, die Wellen hörten auf zu rauschen, und mit silberner Stimme klang es und sang es:

Sein höchster Spaß ist, wenn am Abend
Die Fische kommen aus aller Welt
Und sich im Mondenscheine labend
Betend um seinen Thron gestellt.
Da schäkert er wohl mit den jungen Forellen
Und kneift den Karpfen in den Schwanz
Und denkt an das schöne Junggesellen-
Leben, an Liebe, Gesang und Tanz.

So sang der Delphin und tauchte hinab. Ich aber fuhr entrüstet von meiner Bank empor. Also mit den Karpfen gibst du dich ab, Neptun, o gesunkener Gott? Fahre hin – es ist aus!

Mein Kapitän empfing mich aber mit offenen Armen und zog mich hinunter in die große Kajüte, wo bereits ein treffliches Diner unserer wartete. Der unglückliche Schiffskoch schien auf eine Gesellschaft von wenigstens dreißig Personen gerechnet zu haben, denn er hatte ein so immenses Stück Beef gekostet und jetzt zwischen mich und den Kapitän auf den Tisch gesetzt, daß es mir, etwas lügenhaft zu erzählen, beinahe nicht möglich war, meinen Tischgenossen an der andern Seite zu bemerken.

»Tun wir unser möglichstes!« rief mir der Kapitän zu und goß eine Flasche Portwein und eine dito Sherry in die großen, geschliffenen Dekanten. Das Tischgebet wurde gesprochen.

Und wir erhoben die Hände zum lecker bereiteten Mahle.

Jetzo war die Begierde des Tranks und der Speise gestillet.

Und es erhob sich vom Sessel mein göttlicher Freund Kapitän und sprach die geflügelten Worte:

»Werter Freund, entschuldigen Sie meine Frage, welcher Nation gehören Sie eigentlich an?«

Ich besann mich einen Augenblick und erwiderte dann mit dem höchstmöglichen Pathos:

»Teurer Freund, ich bin ein Yankee.«

»Wie, ein Yankee? Ein Nordamerikaner?« Der Kapitän erblaßte und goß ein halbes Glas Portwein über das Tischtuch.

»Jawohl, ein Nordamerikaner, der stolz ist auf seine große Nation und auf sein großes Vaterland!«

Der Kapitän erwiderte keine Silbe, ergriff ein großes Tischmesser, rannte wie wütend in einen Chester-Käse, grüßte mich dann höflich kalt und stieg hinauf aufs Verdeck.

Unglücklicher, was hatte ich getan! Mich für einen Amerikaner auszugeben, auf einem englischen Schiff – der einzige Passagier –, in einem Augenblick, wo der Krieg zwischen beiden Nationen vor der Tür war.[1] An eine Aussöhnung mit dem alten Kapitän war nicht zu denken; von der Minute an, wo die verhängnisvollen Worte meinen Lippen entflohen, waren wir die bittersten Feinde. Es tat mir leid, meinen Schiffsgenossen so aufgebracht und verstimmt zu haben; in seinen Augen war ich jetzt ein Lump, ein Vagabund – ich war ja ein Nordamerikaner, ich gehörte einem Volke an, das sich einst trotzig vom Mutterlande trennte und das jetzt wiederum dem

---

[1] Unser Abenteuer passierte vor Beilegung der Oregon-Differenzen.

stolzen Albion drohend zu begegnen wagte. Ich ergab mich in mein Schicksal, ich verzieh aber dem alten Kapitän, den die Sitten und der Charakter seiner Heimat nicht anders gelehrt hatten als den Amerikaner mit Wut und Argwohn zu betrachten.

Ein kurioses Volk! Sprich dem Engländer von einem Schotten, da ist es ihm nicht anders, als würde er um eine Summe Geldes betrogen. Sprich von einem Irländer, da zuckt er höhnisch und verächtlich mit den Lippen. Sprich von einem Franzosen, da lacht er und trinkt auf die Gesundheit des Herzogs von Wellington. Sprich von einem Holländer, da fordert er vom Wirt eine irdene Pfeife. Sprich von einem Deutschen, da sagt er kein Wort, und sage ihm, du seist ein Amerikaner – da wird er wütend und rennt mit dem Messer in den Chester-Käse. Und der eine ist wie der andere, und unter tausend Mann denken und tun neunhundertneunundneunzig ganz dasselbe.

Nach und nach wurde es Abend. Blutrot ging die Sonne unter, und unheimlicher rollten die Wogen am Schiffe vorüber. Lange und unverwandt blickte ich hinaus...

Ich mußte lange geschlafen haben, denn als ich erwachte, war ich durch und durch kalt von der Nachtluft, und mein Kopf war wüst, und halb im Traum kroch ich hinab in die Kajüte. Da standen dreißig bis vierzig Betten rechts und links, ich hatte also die Wahl und zögerte nicht lange, meine Kleider abzuwerfen und das erste beste zu besteigen. Es war dunkel in der Kajüte, nur eine alte Laterne baumelte im Hintergrunde des Raumes vom Balken herunter, das Licht fast erloschen. In der Gegend der Bettreihen war es völlig Nacht. Da ich aber die Lokalitäten des Schiffes ziemlich gut kannte, so fand ich mich schnell zurecht, setzte den linken Fuß auf das untere Bett und schwang mich mit dem rechten Beine flott in dasjenige der oberen Schichte.

Mein Manöver gelang so vortrefflich, daß ich unwillkürlich einige Selbstzufriedenheit über meine Geschicklichkeit empfand und mich höchst behaglich und mit einer gewissen Dreistigkeit in die Kissen niederfallen ließ. Ein herzzerreißender Schrei, der in allen Ecken des Schiffes widertönte, folgte wie Blitz und Schlag meinem Niedersinken. Statt in weiche Decken und sanfte Kissen zu fallen, fiel ich auf etwas Hartes, Zweibeiniges, Zuckendes und Zappelndes – es war kein Zweifel mehr, ich war auf einen Menschen gefallen. Obgleich ein solches Rencontre nun zuweilen gar nicht unerfreulich sein kann, so belehrte mich doch bald ein fürchterlicher Faustschlag, der meine Brust traf, daß ich nichts des Süßen zu erwarten hatte, daß diese Nacht mir nimmer selig sein würde. Ein zweiter Faustschlag folgte dem ersten in der größten Geschwindigkeit, und schon ahnte ich das Herannahen eines dritten, da zögerte ich keinen Augenblick, zog meine Beine zusammen und versuchte mit einem kühnen Satz dem unheimlichen Orte zu entspringen. Aber ach, das Schicksal wollte es, daß mein feiges Entrinnen nicht gelang. Meine Füße verwickelten sich in dem Bettuche, mein Kopf stieß unter die Decke des Schiffsraums, und nieder sank ich aufs neue, an das Schlachtfeld gefesselt, wie zum Kampfe gezwungen. – Ihr kennt aus den Romanen des Cooper den Streit des Renard subtil und des alten Mohikaners, wie sie, die Messer in den Fäusten, wild übereinander herstürzten und bald in der schrecklichsten Hitze des Kampfes gleich einem blutigen Knäuel durch den Wald rollten, daß Staub und Blätter in düstern Wolken ihren Spuren folgten und nicht mehr zu erkennen war, wer oben und wer unten lag – nun, jener Streit, jenes Gefecht war freilich etwas großartiger und gefährlicher als die lustige Boxerei, welche sich jetzt in der Kajüte des »Glen Albyn« entwickelte, aber soviel ist gewiß, wir lagen uns schwer in den Haaren. Schon bei dem ersten Stoß hatte ich gefühlt, daß mein Gegner in der Kunst des Boxens nicht unerfahren war, ich suchte also, ihm mit denselben Waffen zu begegnen, und gebrauchte meine Fäuste in so trefflicher Weise, daß ich ihn schon nach den ersten vier oder fünf Gängen hors de combat setzte. Während des Gefechtes hatten wir unsere Lage etwas verändert; zuerst nebeneinander liegend, hatten wir uns allmählich in eine aufrechte Stellung gebracht, so daß mein Gegner am Kopfende des Bettes und ich am Fußende kniete. Wie gesagt, unser Kampf stockte für einen Augenblick, da mein Feind erschöpft zu sein schien. Als großmütiger Sieger wollte ich also diesen Moment nicht unbenutzt vorübergehen lassen und umfing meinen Gegner mit beiden Armen, nicht um ihm etwa den Kuß der Versöhnung aufzudrücken, nein, sondern um ihm überhaupt alle weiteren Feindseligkeiten unmöglich zu machen und damit die Sache zu beendigen.

Meine gute Absicht schien aber ganz verkannt zu werden. In der plötzlichen Umarmung erblickte mein Gegner nur ein neues, höchst frevelhaftes Attentat und gebrauchte seine keineswegs schwachen Schenkel mit einem Male in so entschiedener Gewalt, daß ich im Nu das Gleichgewicht verlor und ohne weiteres zum Bett hinausgeworfen wurde. Da ich indes den Oberkörper meines Antagonisten fest umschlossen hielt, so konnte es nicht fehlen, daß ich ihn mit in meinen Sturz hinunterzog, und wie ich früher auf ihn gefallen war, so donnerte er jetzt auf mich hinunter, und die Kajüte zitterte von unserem Falle.

Unwillkürlich ließ ich hier die Schultern meines Gegners fahren, und rasch emporspringend, retirierte ich mich in die Mitte des Schiffsraumes, wo die alte Laterne wenigstens etwas Licht verbreitete und ein weiteres Boxen weniger gefährlich werden konnte.

Mein Gegner war mir auf dem Fuße gefolgt, jetzt standen wir gegeneinander über, gerade unter dem halberloschenen Laternenlichte, und ich erkannte zu meinem nicht geringen Schrecken in meinem Gegner den alten Kapitän.

»Verdammter Amerikaner!«

»Verfluchter Brite!«

Das war das erste, was wir uns mit halb von Wut erstickten Stimmen zurufen konnten, und beide ballten wir aufs neue unsere Fäuste, jetzt sie emporhebend zum Schutz, jetzt sie senkend, um einen gewisseren Stoß zu berechnen, und wie zwei Kater in der Märznacht schlichen wir sacht im Kreise herum, der eine den andern visierend mit feurigen Blicken und jeder des andern ersten Stoß abwartend.

Es würde sicher zu einem abermaligen Gefechte gekommen sein, wenn nicht der Steward und einige jüngere Kellner, welche sich aus Mangel an Beschäftigung früher als gewöhnlich und alle miteinander zu Bett begeben hatten, plötzlich durch unsern Lärm wach geworden und mit einigen Lichtern in der Hand in die Kajüte getreten wären. Sie hüteten sich natürlich sehr wohl, uns an unserem Beginnen abzuhalten; nach englischer Sitte stellten sie sich auch gleich um uns herum, nicht wenig erfreut, zu so ungewohnter Stunde noch einen Zweikampf zu erleben. Als sie aber den Kapitän erblickten, halb nackt, in zerrissenem Hemde, die Haare hinabhängend bis auf die rote Nase, und mich, in nicht weniger fabelhaftem Kostüm, da konnten die armen Jungen nicht anders und brachen in ein unmenschliches Gelächter aus.

Diese unerwartete Heiterkeit unserer Zuschauer verfehlte auch ihren Eindruck auf die beiden Boxer nicht. Wir stutzten, die geballten Fäuste sanken, und ein Augenblick der Ruhe war hinreichend, um uns davon zu überzeugen, daß jeder weitere Streit lächerlich sein würde. »Verfluchter Yankee!« – »Verdammter Brite!« klang es noch einmal von der einen und der andern Seite herüber, und jeder befahl einem Kellner, die Kleider herbeizubringen.

»Aber gibt es denn nicht genug Betten hier, und weshalb gerade in das meine springen?« rief der Kapitän.

»Und weshalb keine Lichter angezündet, daß man sehen kann?« erwiderte ich ihm.

Der Kapitän schwieg. Wahrscheinlich fiel ihm ein, daß er bei der ganzen Sache eigentlich im Unrecht war – er hatte eine Kajüte für sich, ein eigenes Bett, weshalb legte er sich in den großen Raum, welcher für die Passagiere bestimmt ist? Ich hatte Lust, ihn noch hierauf aufmerksam zu machen, hielt aber den Mund, um die Sache ein für allemal schlummern zu lassen.

Eine Karaffe mit Brandy, Wasser, Zucker und Zigarren wurden auf den Tisch gebracht, und beide Parteien ließen sich nieder, um bei einem Glase Grog etwas zu verschnaufen. Zum Schlafen schien keiner mehr große Lust zu haben. Nach einer halben Stunde sehen wir uns zuerst wieder an, dann einige abgebrochene Worte, hierauf eine kleine Konversation, und als der duftige Grog unsere Herzen immer mehr erwärmte und ich meinem alten Freunde zuletzt erklärte und heilig versicherte, daß ich weder von väterlicher noch mütterlicher Seite ein Yankee sei, Amerika nie gesehen und ihn am vorigen Tage nur des Spaßes wegen ein wenig belogen hätte, da reichten wir uns zuletzt die Hände der Versöhnung und sprangen zusammen aufs Verdeck, hinausblickend in das flammende Morgenrot, das schön wie immer den Fluten des Meeres entstieg.

Wir waren dem Lande ziemlich nahe – noch eine Stunde, da sahen wir die Küste in blauer, duftiger Ferne, und jubelnd erhoben

sich die Möwen von dem Spiegel der Wellen, und weithin blitzte ihr
weißes Gefieder in den ersten Strahlen der Sonne.

Smaragdengrün wälzte sich uns die Schelde entgegen, wir grüß-
ten Vlissingen mit seinem grauen Turm und den kleinen roten Dä-
chern, die lieblich aus dem jungen Grün der Linden zu uns herüber-
schauten. Bald stehen wir auf belgischem Boden!

Ottocar Bohemund Graf von Hahn-Hahn, weitläuftiger Anver-
wandter der Gräfin Ida von Huhn-Huhn.

Über tredition

Eigenes Buch veröffentlichen

tredition wurde 2006 in Hamburg gegründet und hat seither mehrere tausend Buchtitel veröffentlicht. Autoren veröffentlichen in wenigen leichten Schritten gedruckte Bücher, e-Books und audio-Books. tredition hat das Ziel, die beste und fairste Veröffentlichungsmöglichkeit für Autoren zu bieten.

tredition wurde mit der Erkenntnis gegründet, dass nur etwa jedes 200. bei Verlagen eingereichte Manuskript veröffentlicht wird. Dabei hat jedes Buch seinen Markt, also seine Leser. tredition sorgt dafür, dass für jedes Buch die Leserschaft auch erreicht wird.

Im einzigartigen Literatur-Netzwerk von tredition bieten zahlreiche Literatur-Partner (das sind Lektoren, Übersetzer, Hörbuchsprecher und Illustratoren) ihre Dienstleistung an, um Manuskripte zu verbessern oder die Vielfalt zu erhöhen. Autoren vereinbaren direkt mit den Literatur-Partnern die Konditionen ihrer Zusammenarbeit und partizipieren gemeinsam am Erfolg des Buches.

Das gesamte Verlagsprogramm von tredition ist bei allen stationären Buchhandlungen und Online-Buchhändlern wie z. B. Amazon erhältlich. e-Books stehen bei den führenden Online-Portalen (z. B. iBookstore von Apple oder Kindle von Amazon) zum Verkauf.

Einfach leicht ein Buch veröffentlichen: **www.tredition.de**

Eigene Buchreihe oder eigenen Verlag gründen

Seit 2009 bietet tredition sein Verlagskonzept auch als sogenanntes "White-Label" an. Das bedeutet, dass andere Unternehmen, Institutionen und Personen risikofrei und unkompliziert selbst zum Herausgeber von Büchern und Buchreihen unter eigener Marke werden können. tredition übernimmt dabei das komplette Herstellungs- und Distributionsrisiko.

Zahlreiche Zeitschriften-, Zeitungs- und Buchverlage, Universitäten, Forschungseinrichtungen u.v.m. nutzen diese Dienstleistung von tredition, um unter eigener Marke ohne Risiko Bücher zu verlegen.

Alle Informationen im Internet: **www.tredition.de/fuer-verlage**

tredition wurde mit mehreren Innovationspreisen ausgezeichnet, u. a. mit dem Webfuture Award und dem Innovationspreis der Buch Digitale.

tredition ist Mitglied im Börsenverein des Deutschen Buchhandels.

Dieses Werk elektronisch lesen

Dieses Werk ist Teil der Gutenberg-DE Edition DVD. Diese enthält das komplette Archiv des Projekt Gutenberg-DE. Die DVD ist im Internet erhältlich auf **http://gutenbergshop.abc.de**